AF542588

Film Pathé. Production Ermolieff.

— *J'ai choisi ta mort... Tiens, infâme !... et Jacqueline avait frappé.*

LA FILLE SAUVAGE

**

UN BAISER AUX ENCHÈRES

JULES MARY

LA FILLE SAUVAGE

ROMAN DRAMATIQUE

abondamment illustré par les photographies du film

Mise en scène de M. Henry Etiévant

:: Production : Ermolieff-Cinéma ::

:: Pathé Consortium Cinéma éditeur ::

**

UN BAISER AUX ENCHÈRES

CINÉMA-BIBLIOTHÈQUE

Éditions JULES TALLANDIER

75, Rue Dareau, PARIS (XIVe)

LA FILLE SAUVAGE

DEUXIÈME PARTIE

UN BAISER AUX ENCHÈRES

I

NUIT D'ÉPOUVANTE

Quelques minutes avant que Jacqueline eût réussi à s'échapper de Primerose sans être vue, Liliane descendait de chez elle par l'escalier de service. Les gens n'y firent point attention. Elle les avait, nous l'avons dit, habitués à ses allures d'indépendance. Elle gagna aisément les derrières du château, erra là pendant un certain temps, comme si elle ne voulait pas s'éloigner — et n'ayant qu'un but, celui de dépister les curieux qui pouvaient l'épier — puis brusquement se jeta dans l'ombre en profitant d'une trombe de nuages qui roulaient sur la lune. Ensuite, elle prit sa course et tout d'un trait s'élança vers le pavillon du parc.

Prudente, elle s'arrêta avant d'y arriver, et bien lui en prit, car elle remarqua deux fantômes noirs qui se glissaient dans les arbres, se rapprochaient de la petite maison. Une clef grinça dans la serrure. Les deux fantômes avaient disparu.

Elle contourna la maison, grimpa sur la branche du frêne, se balança et se retrouva lestement, pareille à un écureuil, sur l'appui de la fenêtre.

En elle, nul pressentiment, nulle crainte...

Dans la chambre du rez-de-chaussée, une conversation rapide, haletante, à voix basse, si basse que des fragments de phrases, des mots arrivaient seulement jusqu'à elle, et pourtant il lui semblait, malgré tout, reconnaître une voix de femme, puis une voix d'homme...

Elle avait beau prêter l'oreille, à demi couchée dans l'escalier, le sens n'arrivait jusqu'à elle qu'incomplet...

Ce fut d'abord l'homme qui parla...

La dernière fois, Liliane avait cru entendre que cet homme pleurait...

Cette nuit-là, bien que sa voix fût entrecoupée de longs silences, il ne pleurait pas... il ne suppliait plus... il disait :

— ... Puisque vous voulez reprendre votre liberté... vos lettres... oh ! vous pouvez avoir confiance en moi, voici... Est-ce donc fini entre nous ?... Vous n'avez jamais compris combien je vous aimais... Cette rupture, sans raison, sans un mot d'explication... c'est affreux...

Ici, elle voulut l'interrompre.

Il ne lui en laissa pas le temps.

— Adieu... je n'ose pas comprendre... si heureux... pauvreté... vous avez eu peur... vie trop simple... trop modeste... serments, amour... possession... plus rien... rêve envolé... existence brisée... non, je n'ose pas essayer de deviner... car le jour où je devinerais... je vous mépriserais peut-être...

La voix se tut.

Liliane, aux aguets, surprit un froissement de papier... sans doute les lettres que l'un donnait, que l'autre s'empressait de saisir...

Puis l'homme reprenait, plus bas encore :

— Ni cœur... ni tendresse... Alors, pourquoi m'avoir aimé ?...

Ici, ce fut la voix de la femme :

— Adieu... Oublier.. la vie nous emporte... éloigner au plus vite... danger... cette fête de Primerose peut amener des gens de ce côté... à tout prix que personne ne nous voie... ne se doute... Ce serait la honte... adieu... adieu donc.. à jamais...

Un bruit de pas.

La femme se dirigeait vers la porte, se disposait à l'ouvrir.

Alors, une exclamation soudaine de l'homme l'arrête :

— N'ouvre pas !

Et dans le petit salon, un silence de tombe, durant quelques secondes.

Mais en même temps, dans le carrefour, d'autres voix rauques, des cris :

— Misérable !... Je vous ai prévenu... Malheur sur vous !...

— Et moi je vous ai dit : « Il faut choisir ! »

— J'ai choisi ta mort... Tiens, infâme !

— Ah ! Blessé...

Encore un silence... dans le carrefour du bois comme dans le petit salon.

Liliane avait le cauchemar. Sa gorge se serra. Elle sentit un froid glacial qui envahissait tous ses membres, s'abandonna, défaillit et perdit connaissance.

Dans le salon au même moment, la voix de l'homme murmurait, étranglée par l'émotion :

— Entends-tu ?... On commet un crime auprès de nous...

Et l'homme s'élance vers la porte pour se porter au secours.

Dehors, on entendit :

— A moi !... Je meurs...

Mais la femme s'est précipitée vers la porte et barre le chemin, les bras tendus en travers.

— Tu ne sortiras pas... Laisse ces gens se battre et se tuer... Cela ne nous regarde pas... Il ne faut pas qu'on me voie... qu'on te voie... nous serions reconnus et je serais déshonorée... perdue...

— A moi ! râlait l'agonisant.

— Laisse-moi passer...

— Tu ne passeras que si tu emploies la force... S'il y a là un crime, je n'ai pas envie d'aller déposer en cour d'assises et de n'avoir d'autre explication à donner que celle-ci : « J'ai entendu, parce que j'étais près de là, en rendez-vous intime, avec mon amant... »

Le râle devint de plus en plus faible :

— A moi !

Dans le salon, une courte lutte. L'homme essayait de passer par la force, afin de porter secours... La femme résistait... Les respirations étaient haletantes...

En haut dans l'escalier, Liliane, évanouie, semblait morte.

Et dehors ce fut un piétinement de branches froissées.

On eût dit qu'une bête traquée perçait à travers bois.

C'était le meurtrier qui s'enfuyait.

Mais l'homme, dans sa lutte, a eu raison de la femme.

Il sort du pavillon. Et le voici dans le bois.

La lune s'échappe un instant des nuages, éclaire un corps étendu au travers du carrefour, immobile, et sur le plastron blanc de sa chemise coule un large ruisseau de sang.

Il se penche sur ce visage dont les yeux ouverts conservent la terreur inouïe de ce drame soudain.

Un grand cri :

— Villedieu ! Ah ! c'est horrible !

Il revient vers le pavillon dont la porte est restée béante.

Mais là, personne...

En même temps que lui était sortie la femme...

Et elle avait pris la fuite, lâchement, sans s'arrêter, ni regarder, ni rien voir...

Il entend, au loin, sa course précipitée.

Alors, il s'assure que des soins seraient inutiles, que le corps qu'il a devant lui n'est plus qu'un cadavre, que le pouls ne bat plus, que le cœur est arrêté, que la fin est venue, presque foudroyante...

Et terrifié à la pensée qu'on peut le trouver là, près de ce mort, il recule, chancelant, et lui-même, comme un fantôme, s'évanouit dans les ténèbres des Bois-Murés.

Les nuages ont reparu, s'amoncellent de nouveau sur la lune.. la nuit est d'un noir d'encre... et les rafales du vent, qui secouent les arbres, apportent les harmonies lointaines de l'orchestre de Primerose, où la fête continue, où le bal vient de commencer...

Le meurtrier qui s'enfuit dans le sentier étroit, au travers du bois, trébuchant sur les tiges rampantes des ronces, sur les racines des arbrisseaux qui émergent hors du sol, le meurtrier pâle, affolé, à la respiration sifflante, et dont l'âme est remplie par une insupportable horreur...

C'est Jacqueline...

Et pourtant, en dépit de son épouvante, elle n'a pas perdu toute sa présence d'esprit.

Son regard de bête traquée se porte partout autour d'elle, à l'affût de ce qui pourrait la menacer.

En cette minute tragique où tous ses sens acquièrent une puissance de perception extraordinaire, elle entendrait le plus lointain des bruits de ce parc, depuis le souffle de l'air et le bruissement des feuilles jusqu'au glissement de l'insecte dans les herbes...

Avant de pénétrer sur la propriété de Primerose, elle entend un murmure de voix, de l'autre côté du mur...

C'est un danger. Il ne faut pas qu'on la voie. Ce serait sa perte.

Elle se cache derrière la petite porte restée ouverte.

Mais les voix s'éloignent.

Alors elle entre. Elle est dans les jardins.

La nuit reste obscure.

Vraiment le ciel la protège, se fait son complice.

Rapidement, elle arrive au château, par les communs, par ce chemin qu'elle a déjà suivi tout à l'heure, quand elle était encore innocente, — et qu'elle parcourt maintenant, coupable, ayant répandu le sang.

Comme en un cauchemar, les échos de la fête frappent ses oreilles. Toute sa vie, elle l'entendra, cet orchestre. Il lui semble qu'elle s'abîme, au milieu des épouvantements, dans un chaos bruyant, assourdissant. On doit la chercher dans ce bal, on doit avoir remarqué sa disparition, on doit s'étonner de son absence... Gervoise, averti, est peut-être monté dans sa chambre... Les gens, inquiets, parcourent sans doute le château...

Comment expliquera-t-elle ?...

Elle a traversé les communs sans encombre.

Tout ce côté de Primerose est désert.

La nuit est de plus en plus sombre, et voici la pluie qui commence à tomber.

Elle pénètre dans l'orangerie, où elle erre, à tâtons.

Puis, sans plus songer au danger, voulant reparaître à tout prix en cette fête odieuse, elle monte, comme un spectre, le petit escalier dérobé qui aboutit à l'atelier de Gervoise.

Elle est lasse, terriblement lasse.

Elle ne prend plus aucune précaution... Tant pis si on la surprend.

Mais le hasard est son complice aussi...

Personne... Rien d'anormal... Nulle inquiétude dans cette maison...

Est-il possible qu'on n'ait rien vu, durant ces quelques minutes rapides où elle s'est éloignée et qui lui paraissent, à elle, longues, longues comme autant de siècles !

Enfin elle rentre dans sa chambre, frémissante de fièvre...

Elle jette son manteau dans un coin...

Demain elle le reportera là-haut où tout à l'heure elle est allée le prendre...

Elle change de chaussures, cache celles qu'elle enlève...

Demain, aussi, elle saura bien s'en débarrasser...

Elle entre dans son vaste et luxueux cabinet de toilette, et devant une psyché elle se regarde, longuement, répare sa toilette, remet un peu d'ordre dans sa coiffure...

La glace lui renvoie le masque d'une frayeur terrible...

Ses yeux sont troubles, enfoncés... encerclés d'un large trait noir...

Elle se regarde de plus près.

Est-ce que le meurtre ne se lit pas sur son visage ?

Rien de grave dans sa toilette, rien qui puisse attirer l'attention, faire surgir des remarques curieuses, et, le lendemain, éveiller des soupçons.

Elle se met un peu de poudre.

Et, brave dans son épouvante atroce, elle redescend vers le bruit, vers les lumières qui l'aveuglent, vers la fête qui lui semble un enfer, vers la foule où des centaines d'yeux vont l'examiner... vers le bal où il va falloir sourire, parler, être aimable, danser, rester élégante, triompher, paraître heureuse... abominable torture...

Un peu rassurée, pourtant, bientôt.

Sur elle, au fur et à mesure qu'elle s'avance, elle ne sent converger aucune curiosité, aucune malveillance...

Elle retrouve autour d'elle les mêmes yeux de gaieté et d'admiration...

Ceux qui sont là ne pensent qu'à s'amuser...

On n'a rien vu, on n'a rien remarqué !

Elle-même, du reste, ne se rend pas compte du temps exact qui s'est écoulé depuis le moment où elle a quitté les salons, jusqu'au moment où elle vient d'y rentrer...

Une heure ? Deux heures ?

Elle était partie un peu avant dix heures...

Elle s'approche d'une pendule, dans un petit salon où prennent place des joueurs autour des tables de poker ou de whist.

Elle n'est pas restée absente un quart d'heure !

Lorsque le meurtre sera découvert, qui pourra la soupçonner jamais ?

Personne !

Elle se mêle aux groupes, parle, répond, sourit. Que dit-elle ? Que lui demande-t-on et qu'a-t-elle répondu ?

Elle ne le sait. Tout cela est dans un rêve.

Elle comprend toutefois que quelqu'un, d'une voix douce, s'inquiète, sans doute, en la voyant si pâle...

Et c'est à cet instant qu'elle a la force de sourire.

Film Pathé. Production Ermolieff.

Henri Villedieu avait été laissé étendu au travers du sentier, et le parquet de Melun, qui s'était transporté aux Bois-Murés, put constater le crime.

Celui qui s'inquiète, c'est son mari...

Et Gervoise, une fois de plus rassuré, s'éloigne...

Elle danse...

Elle aurait voulu refuser... Elle ne l'ose...

Dans cette comédie terrible, ne faut-il pas qu'elle aille jusqu'au bout ?

Elle s'est imposé un rôle, rôle impassible, masque indifférent derrière lequel son âme tremble sous des terreurs mortelles... Elle s'est condamnée à ce supplice !

Elle se sent entraînée dans une valse, parmi le tourbillon où elle glisse les yeux mi-clos, le corps presque entièrement abandonné sur le bras de son valseur...

Et quand le supplice est fini, comment se retrouve-t-elle assise auprès d'une serre d'hiver, parmi des femmes jeunes et brillantes, qui causent, qui rient, auxquelles Jacqueline répond au hasard ?

Plusieurs fois, en cette nuit fatale, elle crut qu'elle allait s'évanouir.

Elle triompha de ces faiblesses.

On s'aperçut, pourtant, de sa pâleur. On la questionna. Elle trouva des réponses.

Gervoise, vers une heure, lui dit :

— Tu es souffrante, Jacqueline...

— Non.

— Mais, ma pauvre enfant, jamais je ne t'ai vue ainsi...

— Un peu de fatigue... je t'avais prévenu... ce n'est rien du tout...

— Rentre chez toi, va te reposer...

— Non... je resterai jusqu'au bout...

Vers la fin de la nuit, comme rien d'anormal ne s'était produit, elle éprouva un calme relatif. Ses yeux furent moins hagards. Un peu de sang remontait à ses lèvres. Lentement, presque au jour, la fête cessa.

Elle était, du reste, revenue dans son appartement avant la fin. Elle s'y était enfermée, respirant largement, soulagée d'être loin de tous.

Elle voulut se déshabiller seule.

Le sommeil ne vint pas.

Elle revoyait distinctement, dans la nuit de sa chambre à coucher, le meurtre.

En arrivant devant le pavillon, elle avait rencontré Villedieu qui l'attendait. De courtes paroles, haletantes, tragiques, s'étaient échangées. Elle lui avait dit : « Si vous ne renoncez pas à votre infamie, je ferai justice ! » Il avait ri, ne la croyant pas. Il s'était tout à coup élancé sur elle, lui avait pris la taille, essayant de l'entraîner, criant : « Viens ! viens à moi, et aime-moi comme je t'aime ! » Elle se défendit. Ce furent les voix haletantes et le piétinement qu'on entendit, dans l'intérieur du pavillon...

Puis Jacqueline avait réussi à se dégager.

Et soudain, de toute la force de sa rage, elle avait frappé au hasard.

La longue lame du couteau était entrée en plein cœur.

Villedieu avait étendu les bras, avait râlé, avait crié...

Puis il était tombé sur le dos...

Et elle s'était sauvée !...

Tel était le spectacle qu'elle revoyait, dans les ténèbres de sa chambre, fiévreuse, frissonnante, claquant des dents, se sentant devenir folle, maintenant que le silence absolu l'entourait, et regrettant presque le tumulte joyeux de la fête au milieu duquel elle avait été quelques heures sans penser...

On frappa en ce moment à sa porte.

Elle se souleva effarée. Qui était-ce ? Que lui voulait-on ? A pareille heure ? Aurait-on découvert le crime ?...

Mais elle entendit une voix douce qui disait, en même temps que s'ouvrait la porte :

— Maman, je viens coucher près de toi...

C'était Liliane...

Elle grelottait. Elle se glissa dans le

lit, contre sa mère qu'elle entoura de ses bras, collant son visage sur l'épaule nue.

— J'ai peur ! J'ai peur ! disait l'enfant...

— Tu as des cauchemars ?

— Oui...

— Dors, chérie, dors !

Les dernières heures de la nuit s'écoulèrent.

*
* *

Dans l'escalier du pavillon des Bois-Murés, Liliane était tombée évanouie. Combien dura cet évanouissement ?

Elle ne le sut jamais.

Quand elle revint à elle, qu'elle remit de l'ordre dans son esprit, qu'elle put se souvenir, elle prêta l'oreille.

C'était, dans le pavillon, comme dans le bois aux alentours, un silence profond, troublé seulement par le crépitement de la pluie sur les fenêtres.

Sans doute avaient disparu les visiteurs mystérieux qui, un moment, étaient venus se retrouver dans la salle du rez-de-chaussée.

Mais l'enfant, si hardie jusque-là, était envahie de terreurs.

Ces paroles, ces cris, cette lutte devinée, ce drame, ce mystère, avaient eu raison de sa curiosité, de son juvénile désir d'aventures.

Elle tremblait maintenant de tous ses membres, en se voyant toute seule, en ces ténèbres, si près qu'elle fût du château de Primerose.

Elle n'osa descendre les dernières marches poussiéreuses qui la séparaient du salon, elle remonta dans la chambre du premier et sous la pluie qui, à chaque minute, s'abattait plus drue sur les arbres, elle atteignit la branche du frêne et se laissa glisser sur le sol détrempé.

Elle n'avait plus qu'une pensée, à cette heure.

Regagner Primerose au plus vite, se faufiler dans le château sans être vue, pour éviter les reproches maternels ou la sévérité de Gervoise, se jeter dans son lit, et tâcher d'oublier le cauchemar de cette nuit.

Oh ! cette fois, elle prenait de bonnes résolutions, et cela ne lui arriverait plus jamais de sortir ainsi pour courir après l'imprévu.

Elle avait fait quelques pas, pour gagner le petit chemin qui s'en allait droit, d'un côté vers Primerose, de l'autre côté vers les Bois-Murés.

Elle voit, dans le sentier, au milieu des ténèbres, rendues plus épaisses encore par les cimes des arbres qui s'entremêlent et par les lourds nuages, une petite lumière tremblotante et qui semble glisser bizarrement au ras du sol.

L'enfant est déjà si effarée qu'il ne lui en faut pas plus pour l'épouvanter tout à fait.

Elle sent ses jambes qui chancellent et elle se laisse aller, à genoux, dans l'herbe mouillée, croyant à quelque fantôme, à quelque animal fantastique qui vient vers elle.

Elle se rassure bientôt pourtant.

La lumière est celle d'une lanterne...

Cette lanterne est portée par une femme...

Cette femme passe tout près de Liliane...

Et Liliane la reconnaît...

C'est une jeune paysanne des environs, Marie Jérémit, entrée depuis peu aux Bois-Murés, comme femme de chambre, au service particulier d'Henriette Villedieu. Un moment, Liliane a l'intention de l'appeler, de lui dire :

— Accompagnez-moi jusqu'à Primerose...

Lorsque tout à coup elle entend Marie Jérémit qui pousse un cri de terreur et qui prend la fuite.

Cependant elle ne va pas loin.

Liliane voit la lanterne, dont les mouvements avaient été désordonnés, se ralentir, s'arrêter, et la lumière, qui allait en s'amincissant, grandit.

C'est donc que Marie Jérémit se rapproche ?

En effet, Liliane peut, de nouveau, l'apercevoir.

A quel singulier travail se livre-t-elle ?

Elle se penche vers le sol, vers quelque chose dont des paquets de buissons cachent la vue à Liliane. Puis la voici hésitante, la lanterne levée, le feu tourné vers le pavillon. Elle semble hésiter. Elle écoute. Elle se dirige vers la petite maison dont la porte est restée ouverte. Elle entre. Que fait-elle là dedans ?

Liliane ne peut le deviner. Elle ne peut voir qu'un vague reflet de lumière jaune allant et venant, disparaissant. Cela lui prouve, du moins, que Marie Jérémit ne reste pas immobile dans le salon. Peut-être cherche-t-elle quelque chose... Ou bien, voyant cette porte ouverte, elle a tout simplement voulu faire comme Liliane, visiter ce chalet rustique, par curiosité.

Elle ne s'y attarde pas longtemps.

Elle sort. Et vers les Bois-Murés la jeune paysanne s'enfuit, comme une voleuse.

Mais, derrière ces buissons, que regardait-elle, tout à l'heure ?

Liliane, tranquille maintenant, se détache du mur contre lequel elle s'était tenue immobile et s'avance...

Là, elle trébuche, se retient à une branche dont les épines s'enfoncent dans sa main... Elle a un cri de douleur, et en même temps d'épouvante...

Ce qui vient de la faire trébucher, c'est un cadavre...

Et elle se recule, elle se met à courir, sans savoir où elle va, ne songeant qu'à une chose, s'éloigner le plus vite possible de cet endroit maudit.

Elle court longtemps.

Elle court croyant qu'elle a repris le sentier de Primerose...

Ce parc, elle l'a parcouru cent fois.

Il n'y a pas un arbre qu'elle ne connaisse, pas un sentier où elle n'ait cherché l'ombre et la fraîcheur pendant les chaleurs de cet été, et pourtant, quand elle s'arrête, dans la nuit, sous la pluie, elle est perdue, ne s'oriente plus.

Elle perce au travers du bois, se heurte enfin au mur de clôture ; elle rencontre une porte, la pousse, se trouve sur la berge de la Seine...

En ce moment, un ivrogne passe, en chantant, titubant, risquant à tout coup de culbuter dans le fleuve, sans avoir l'air de s'en préoccuper.

Il la voit. Il lui adresse la parole. Elle frémit. Alors, il vient à elle, en riant.

Elle retrouve des forces pour se sauver. Elle entend derrière elle les pas lourds de l'ivrogne qui tente de la poursuivre, mais qui bientôt abandonne la partie, en lui adressant des injures ignobles.

Tout à coup, un cri de terreur lui échappe.

Elle se sent arrêtée... quelque chose tiraille sa robe...

Mais c'est un jeune chien qui la voyant fuir s'est mis à courir et mordille le bas de sa jupe en jappant et en jouant...

Elle a reconnu sa route. Elle n'hésite plus, cette fois, pour remonter par le chemin de halage et la petite maison du bord de l'eau.

Elle se cache, dans le jardin, derrière chaque arbre, derrière chaque massif, derrière les charmilles.

A la voir ainsi, on dirait un malfaiteur accomplissant sa besogne d'infamie.

Quand elle est enfin chez elle, dans sa chambre, au milieu de la nuit, après avoir à force de patience et de ruses évité tous les dangers et sans avoir été surprise, elle tombe harassée sur un fauteuil.

C'est à peine, enfin remise de ces émotions, si elle peut se déshabiller.

Mais au lit, les cauchemars sont venus. Des figures hideuses, abominables, se mettent à danser avec des grimaces horribles tout autour de son chevet, devant les yeux de l'enfant.

Elle pleure, elle se débat, elle se cache la tête, pour tâcher de faire la nuit encore plus sombre.

Enfin, n'y tenant plus, le cœur battant, le cerveau empli de visions affreuses, elle est allée frapper à la porte de sa mère, afin de trouver là, contre ce foyer d'affection, un peu de calme, un peu de repos...

Contre elle l'enfant sentit trembler sa mère... la mère qui avait peur autant qu'avait peur son enfant...

Convulsivement, comme si elle avait craint qu'on ne la lui arrachât, Jacqueline entourait de ses bras le corps joli et frêle de la fillette.

— Oh ! ma chérie ! ma chérie !!

Rassurée quand même et ne se doutant pas du drame qui se passait dans ce cœur, de ces angoisses de femme, de cette détresse de mère, Liliane finit par s'endormir... les mauvais rêves s'évanouirent... elle reposa, la tête appuyée sur l'épaule blanche et nue de Jacqueline.

Et Jacqueline, longuement, la regarda s'endormir...

La pluie avait cessé. Le ciel était déblayé de ses nuages. Le soleil se leva.

Qu'allait-elle lui apporter d'imprévu et de terrible, à la pauvre femme, cette journée qui commençait ?

II

LE LENDEMAIN DU DRAME

Aux aguets de tout ce qui pouvait se passer d'insolite dans Primerose, Jacqueline, de son lit, écoutait.

Elle avait entendu Gervoise remonter chez lui. C'était quelques minutes après que Liliane se fut endormie.

Gervoise ne se coucha pas. Il entra dans son cabinet de toilette où il resta longtemps. Après quoi, elle l'entendit qui descendait vers l'orangerie par son escalier particulier.

Il ne se couchait donc pas.

Une promenade, à la fraîcheur du matin, le tiendrait éveillé. Il aimait à s'en aller ainsi, de très bonne heure, vagabonder le long de la Seine, faisant de longues courses, tantôt à pied, tantôt à cheval.

Et, en rentrant, il se mettait au travail, dans son atelier, jusqu'à onze heures.

Ce matin-là, il sortit à cheval.

Le gravier cria sous le sabot : le bruit alla s'affaiblissant. Jacqueline se leva, souleva le rideau d'une fenêtre, tâcha de voir le chemin qu'il prenait, ouvrit...

Il lui sembla que Denis descendait le coteau, vers la Seine...

Elle ne se recoucha pas, elle non plus. Liliane continuait de dormir paisiblement.

Elle songea alors qu'il y aurait prudence à faire disparaître tous les indices qu'un hasard pourrait livrer à des yeux indiscrets.

Elle avait passé une robe de chambre.

Dans le cabinet de toilette, le manteau de la veille, mouillé, sali de taches de boue et de verdure, gisait.

Les jolis souliers de bal, délicats, frêles, étaient dans un état lamentable.

Elle essaya de faire disparaître les taches du manteau, brossa, mit de l'ordre.

Quant aux souliers, elle les enferma au bas d'un chiffonnier dont elle gardait la clef.

Puis, entr'ouvrant la porte, elle s'assura qu'aucun bruit suspect ne venait de l'intérieur du château. Tous les gens dormaient, fatigués par cette nuit de veille. Alors, elle prit le manteau, pour aller le reporter dans la chambre du deuxième étage.

Au moment où elle allait sortir, elle eut une impression étrange.

Il lui sembla tout à coup que quelqu'un la regardait, et elle reçut le choc électrique de ce regard. Elle se retourna brusquement vers le lit...

Liliane avait les yeux fermés... Mais elle était d'une pâleur de morte...

— Je suis folle, murmura Jacqueline...

Et, rapidement, elle sortit, franchit l'escalier, cacha le manteau et revint...

Liliane fit un mouvement dans son lit, ouvrit et referma aussitôt ses beaux yeux farouches, comme s'ils avaient été blessés par la lumière du jour entrant par la fenêtre.

Pour la seconde fois, une pensée vint à Jacqueline :

— Elle m'a vue !

Mais l'enfant paraissait tranquille. La respiration, pourtant, était insensible. La mère ne prit pas garde à cette émotion contenue. Qu'aurait-elle soupçonné ?

La première heure de cette matinée se passa ainsi.

Gervoise ne rentrait pas.

En général, il ne s'attardait jamais ! Une heure de promenade lui suffisait. Le soleil était déjà haut. Elle s'inquiéta, non pas pour lui, mais pour elle. Tout de suite elle eut le soupçon que ce retard, c'était elle-même qui en était la cause. Qu'était-il arrivé ?

Assise devant la fenêtre, elle guettait les moindres choses du dehors, elle attendait le réveil, lent à venir ce matin-là, des gens du château.

Enfin, elle entendit trottiner des pas dans le corridor, au deuxième étage.

La vie reprenait à Primerose.

Tout à coup, on frappa doucement à la porte de sa chambre.

Comme Liliane semblait toujours dormir, Jacqueline, sur la pointe des pieds, alla ouvrir sans faire de bruit, mettant un doigt sur sa bouche.

C'était la femme de chambre de Liliane, une jeune Française élevée en Angleterre : Jenny.

Elle avait l'air effrayé.

Elle dit tout bas :

— Mademoiselle n'est pas chez elle... le lit est bien défait, mais tout froid...

Jacqueline la rassura :

— Liliane faisait de mauvais rêves. Elle a eu peur. Elle est venue dans mon lit.

La femme de chambre parut rassurée. Toutefois :

— Je dois pourtant dire à madame ce que j'ai vu...

— Qu'avez-vous vu ?

— Mademoiselle a dû sortir cette nuit ou hier soir...

— Seule ?

— Seule... du moins c'est à supposer ?...

— Et qui vous fait croire ?...

— Les vêtements de Mademoiselle sont dans un triste état... les bottines pleines de boue encore humide, les bas mouillés comme si on venait de les passer à la lessive, la robe salie, perdue, maculée de taches de terre, avec des épines encore accrochées après... Et rien de tout cela n'a eu le temps de sécher... Voilà ce qui me fait penser...

— Merci. Vous avez bien fait de me prévenir... Je questionnerai Liliane.

La femme de chambre sortit. Jacqueline retourna dans la chambre à coucher. Liliane n'avait pas fait un mouvement. Elle reposait toujours.

La mère s'assit tout près du lit et la considéra avec une attention singulière.

Après quelques minutes, elle dit tout bas :

— Liliane...

Chez l'enfant, un tressaillement léger, à peine perceptible... un rien que la mère surprit, toutefois, et ce fut assez.

Elle redit :

— Liliane, pourquoi fais-tu semblant de dormir ?

Brusquement, l'enfant, prise à l'improviste, ouvrit les yeux.

— Je me reposais, dit-elle...

Et, câline :

— On est bien, comme ça, dans ton lit, près de toi...

— Dis-moi, je voudrais te demander quelque chose...

— Quoi, maman ?

— Qu'as-tu fait, hier, après dîner ?

— J'ai dîné seule avec ma gouvernante, comme je fais quand il y a du monde... Après, comme le temps n'était pas sûr, je suis allée me coucher.

Jacqueline garda un instant le silence, puis :

— Je croyais que tu ne savais pas mentir.

L'enfant pâlit ; ensuite elle rougit violemment et regarda sa mère avec crainte.

— Dis-moi la vérité.

— Je suis sortie... seule... en me cachant...

— Où es-tu allée ?...

— Dans les jardins, puis le long de la Seine...

— Dans quel but ?

— Je n'en avais aucun, je te le jure... J'aime la nuit... j'aime à avoir peur... et puisque tu es fâchée parce que j'ai menti, je te dirai que ce n'est pas la première fois que cela m'arrive de sortir ainsi, quand on me croit couchée et endormie... et que la femme de chambre et la gouvernante se sont retirées...

— C'est mal, Liliane, c'est très mal... dit Jacqueline avec un reproche douloureux.

— Oh ! maman, maman, je te demande pardon...

Et l'enfant se mit à sangloter.

— Voilà d'où sont venus tes cauchemars... Qu'as-tu vu ? Qu'as-tu rencontré ? N'as-tu rien remarqué qui ait frappé ton imagination ?

Un moment Liliane voulut tout dire. Une peur bizarre la retint. Elle mentit.

— Rien, maman... Je suis sortie... la pluie tomba... Je suis rentrée, c'est tout...

— Quelle heure était-il ?

— Quand je suis sortie ?

— Oui.

— Environ dix heures.

Jacqueline frémit. C'était l'heure du crime ! ! Ainsi, un hasard de plus, et cette enfant aurait pu voir ! ! Témoin terrible ! ! Et Jacqueline n'aurait eu qu'à mourir !

— Et lorsque tu es rentrée ?

— Je ne sais pas, maman... Il était très tard...

Elle cacha sa jolie tête dans l'oreiller. Et tout à coup elle eut une crise de nerfs. Longtemps, longtemps, Jacqueline la calma, la berçant contre son cœur. Et lorsque l'enfant revint à elle, ce fut pour apercevoir au-dessus de sa tête les yeux de sa mère, qui essayait de lui sourire, de sa mère qui pardonnait et disait :

— Méchante ! Méchante ! jure-moi que tu ne le feras plus !...

— Oh ! non, maman, jamais, jamais ! !

Liliane se leva quelques minutes après, quand elle fut plus calme. Jacqueline l'habilla, la coiffa, cherchant ainsi des distractions.

Au château, tout le monde était debout.

La vie avait repris, comme aux jours précédents.

Elle crut que Denis était rentré sans qu'elle s'en fût aperçue.

Elle le demanda.

On lui répondit que Gervoise n'était pas de retour.

Alors, elle retomba dans ses angoisses.

Jamais Denis ne restait si longtemps dehors, en ses promenades matinales.

Que s'était-il passé ?

Et malgré elle sa pensée se reportait à l'heure fatale de la sinistre nuit...

Ah ! comme elle se souvenait des moindres choses !...

C'est ainsi qu'au moment où elle avait rejoint Henri Villedieu, elle avait senti le vol doux d'un oiseau nocturne qui lui frôlait presque le visage...

Et quand elle l'avait frappé elle avait cru entendre, aussi, je ne sais quels bruits mystérieux sortant du pavillon des Bois-Murés...

Mais le pavillon était inhabité... Ce qu'elle avait entendu, ce ne pouvait être que des rats en maraude ou des chouettes qui avaient établi leur refuge dans les greniers, ou des corbeaux qui avaient leurs nids dans les cheminées.

Elle se rappelait qu'elle avait frappé avec tant de force qu'il lui avait paru qu'elle ne rencontrait pas de résistance, comme si le couteau ne s'était enfoncé nulle part et qu'elle eût frappé dans le vide...

Pourtant, l'autre était tombé comme une masse...

Et, en se souvenant de tout cela, voilà soudain que Jacqueline pâlit... une exclamation lui échappe, d'épouvante et d'horreur :

— Le couteau ! !

L'arme qui, jadis, avait failli rendre Denis Gervoise criminel...

L'arme qui ne le quittait plus, qui, toujours là, sur son bureau, sous ses yeux, évoquait la pensée du meurtre...

L'arme dont elle s'était emparée, avant de sortir, la nuit...

Elle l'avait oubliée, dans sa terreur, le crime commis. Elle avait laissé le couteau dans la poitrine de Villedieu, enfoncé jusqu'au manche...

— Je suis perdue ! murmura-t-elle.

Gervoise était parti à cheval, à la pointe du jour, et, comme il n'avait aucun but, il avait laissé sa monture prendre d'elle-même le chemin qui lui plaisait.

Elle descendit vers la petite maison du bord de l'eau, et, une fois sur la berge de la Seine, Gervoise fit un temps de galop, fouetté par la fraîcheur matinale qui lui enlevait toute fatigue de cette nuit blanche.

Le parc des Bois-Murés et celui de Primerose se touchant, les deux voisins y entraient, s'y promenaient selon leur bon plaisir, et Villedieu avait pris soin depuis longtemps de mettre Gervoise tout à fait à son aise.

Denis, trouvant une des avenues ouverte, remonta par le coteau et prit à travers bois. Le cheval se mit au pas, comme si lui-même était d'avis qu'il fallait jouir du charme de cette matinée et ne pas se presser trop de rentrer. De fait, ce paysage de sous-bois était délicieux. Le soleil levant commençait à dégager tous les parfums qui sortaient de la terre, des feuilles, des branches mortes, des arbres. La pluie de la soirée donnait une poussée nouvelle à ces parfums. En passant à travers les pins, les chênes et les marronniers, la lumière se découpait sur le sol en mille menus morceaux, en ronds, en carrés, en losanges, et quand un peu de vent faisait frémir les cimes enchevêtrées, tous ces morceaux de soleil se remuaient, diminuaient, s'allongeaient, changeaient de place et couraient les uns vers les autres, comme une bande de feux follets.

Le cheval prenait, au hasard, tous les petits sentiers qu'il rencontrait.

Gervoise rêvait, sans s'occuper du chemin, lorsque tout à coup il eut un déplacement si violent et si brusque, qu'il fut presque désarçonné.

Cela le rappela à lui...

La bête s'était arrêtée, le cou tendu vers le sol, les oreilles pointant, renâclant.

Denis se pencha, regarda.

Au travers du sentier, un homme était étendu sur le dos, bras en croix, rigide.

Il crut d'abord à quelque ivrogne ayant fait la fête à Seine-Port, la veille, et étant venu dans le fourré, dans le calme du bois, cuver son ivresse.

Il cria :

— Eh ! l'homme ! !

Comme rien ne bougeait, il regarda de nouveau et tressaillit.

— Mais c'est Villedieu !

Et il sauta à bas de son cheval.

Il essaya de soulever le corps, le prenant par l'épaule ; le bras était raide. Aucun doute n'était possible.

— Mort !

Son regard est attiré vers le plastron de la chemise où le sang a coulé et s'est coagulé. L'arme est encore là, enfoncée jusqu'au manche.

Et c'est elle qu'il regarde. .

Et dans un émoi inexprimable, il croit la reconnaître... Il la reconnaît !...

Ce couteau ressemble étrangement à celui qui lui appartient et qui ne quitte jamais la table de son cabinet de travail, sous ses yeux... Est-ce possible ?... Il passe la main sur ses yeux parce qu'il se croit le jouet de quelque hallucination... Mais non... il ne se trompe pas.

C'est bien lui, avec son manche de corne traversé d'une veine noire interrompue au milieu par une tache grise, et la croix d'acier bleui de la poignée à ressort...

— Mon Dieu !... mon Dieu !... murmure le pauvre homme...

Que va-t-il faire ? Il a une seconde de détresse terrible, d'atroce incertitude. Sa tête se perd... Comment cette arme se trouve-t-elle là ? Qui a pu s'en emparer ?... Le meurtrier est donc sorti de Primerose ?... Qui ?

Mais en même temps il a peur du scandale. On ne tardera pas à découvrir que cette arme est à Gervoise... La justice s'inquiétera, voudra savoir, interrogera... Quel mystère découvrira-t-elle ?...

Il retire le couteau de cette poitrine...

Sa main tremble, comme si lui-même avait été le criminel...

Il essuie l'arme, rouge de sang, dans l'herbe humide et il la cache dans la poche intérieure de sa jaquette.

Puis, il remonte à cheval et s'éloigne.

Parfois, il se retourne... On dirait qu'il craint que le mort ne remue, ne se dresse pour lui reprocher ce qu'il vient d faire... pour lui crier :

— Pourquoi viens-tu d'empêcher qu'o venge ma mort ?...

Villedieu, assassiné ! ! A deux pas de Primerose ! A deux pas des Bois-Murés !

La veille au soir, il l'avait vu, pendant la fête, brillant, gai, heureux... Il se rappelait même qu'Henri s'était excusé d'être obligé de partir de bonne heure... et il avait quitté Primerose vers dix heures... ayant, disait-il, un rendez-vous chez lui, qu'il n'avait pas pu remettre...

C'était en se rendant à ce rendez-vous qu'il avait été tué... Mais les bois étaient mouillés, la pluie était menaçante... Comment se faisait-il que Villedieu, au lieu de se rendre chez lui dans sa voiture, eût préféré aller à pied ? Et de quelle nature pouvait être ce rendez-vous ? L'enquête éclaircirait ces choses.

Gervoise se dirigeait vers Seine-Port, où il prévint qu'un meurtre avait été commis près du pavillon des Bois-Murés. Des dépêches partirent pour Melun.

Puis Denis considéra qu'il était de son devoir d'aller aux Bois-Murés.

Là, sans doute, on s'était aperçu déjà que Villedieu n'était pas rentré ?

Il fut donc étonné de trouver le château très calme.

Le jardinier, qui commençait à travailler, parut surpris de voir Denis à une heure aussi matinale. Au château, dont les fenêtres étaient closes, tout dormait.

— Faut croire, tout de même, dit-il en riant, que M. Gervoise ne s'est pas couché ?

— En effet... et je vois qu'ici personne ne s'attend à une mauvaise nouvelle...

— Une mauvaise nouvelle ? Et quoi, donc, monsieur Gervoise ?

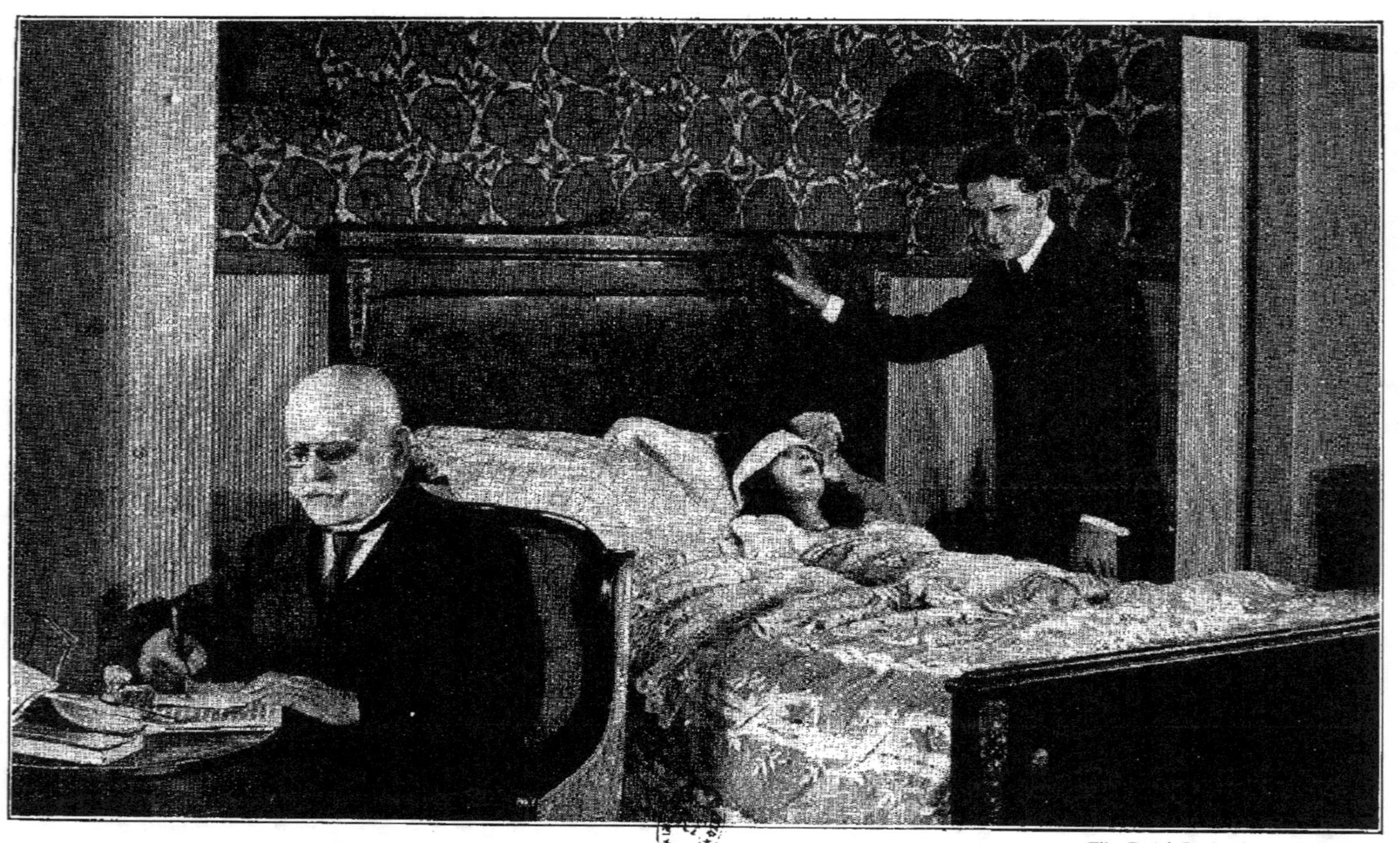

Film Pathé. Production Ermolieff.

L'état d'Henriette était alarmant, aux longues syncopes succédaient des accès de délire effrayants.

Paternellement, Gervoise questionnait Liliane sur sa fugue nocturne.

Film Pathé. Production Ermolieff.

Et, blottie contre sa mère, l'enfant terrifiée essayait de répondre.

Film Pathé. Production Ermolieff.

Quand elle jouait à la fillette abandonnée, Liliane aimait avoir peur.

Film Pathé. Production Ermolieff.

En quelles mains étaient tombées ces lettres enflammées d'amour que Renaud avait restituées à Henriette ?

— M. Villedieu a été assassiné, cette nuit, dans son parc.

Un bruit de pas, derrière eux, les fit se retourner. Une femme de chambre, la première levée, sortait du château. Le jardinier l'appela :

— Hé ! Marie ! Marie Jérémit !... Viens donc, bon Dieu, viens donc !

Marie Jérémit accourut. C'était une jolie fille de vingt-deux ans, brune, aux traits réguliers, aux yeux noirs, au regard dur, bien découplée et hardie.

Elle jeta sur Denis un coup d'œil méfiant, un peu inquiet.

Quand elle sut la nouvelle, elle s'exclama, jeta les hauts cris. Et pourtant elle ne changea pas de couleur. On eût dit que cette nouvelle ne la surprenait pas. Mais personne n'y fit attention.

— Et Madame, rentrée à trois heures du matin seulement, et qui m'a dit de ne pas la réveiller avant onze heures... Et Mademoiselle... Mademoiselle qui était si... si malade, hier, qu'elle n'a pas pu aller à Primerose !... Mon saint bon Dieu, cette catastrophe va la tuer... Et comment que c'est arrivé, c't'affaire-là, monsieur ?... Est-ce qu'on le sait déjà ?

— Non. Veuillez prévenir Mme Villedieu que j'ai à lui parler... et ne lui dites rien, je vous prie...

— Oh ! plus souvent, monsieur... c'est pas des commissions si gaies...

Gervoise alla attendre au salon.

Laissons-le apprendre à Mme Villedieu la mort tragique de son mari...

Nous suivrons Marie Jérémit.

Après avoir réveillé Mme Villedieu, la femme de chambre resta un moment indécise. Elle s'était instinctivement rapprochée de la chambre d'Henriette. Deux fois elle avança la main pour frapper et deux fois la main retomba. Elle n'osait, prise d'une peur bizarre. Dans ses yeux noirs, il y avait une expression de méchanceté sournoise.

Enfin, elle se décida et frappa, doucement d'abord, puis, comme on ne répondait pas, elle frappa plus fort. On entendit la voix d'Henriette :

— Entrez !...

La jeune fille, dans son lit, sa belle tête brune appuyée sur une main, son bras nu enfoui dans l'oreiller, avait les traits fatigués, comme si elle n'avait pas dormi. Elle eut pour Marie Jérémit un regard vague ; elle ne la reconnaissait pas. Ses lèvres étaient crispées et pâles, et des frissons violents soulevaient son corps.

— Mademoiselle !... Mademoiselle !

Henriette ne dormait pas. Et pourtant elle sembla s'éveiller.

— Ah ! oui, c'est vous, Marie... Que me voulez-vous ?... Quelle heure est-il donc ?... Et pourquoi n'attendez-vous pas que je vous sonne ?

— Je demande bien pardon à Mademoiselle... C'est que Mademoiselle était si souffrante, hier soir, que j'étais inquiète... J'ai été inquiète toute la nuit, à cause de Mademoiselle... et, dans la crainte de ne pas entendre son coup de sonnette, je ne me suis pas couchée et je n'ai pas dormi...

— Vous êtes une bonne fille... Merci !

— Mademoiselle n'a besoin de rien ?

— Non. Laissez-moi...

— Je suis contente de voir que Mademoiselle ne souffre plus... et que ça lui a fait du bien de dormir toute la nuit, au lieu d'aller au bal de Primerose... Oui, je suis contente, parce que, de cette façon, Mademoiselle aura plus de force pour apprendre la nouvelle et supporter le coup...

La tête pâle d'Henriette se pencha vers la femme de chambre :

— Que voulez-vous dire ?

— Oh ! il ne faut pas que Mademoiselle s'effraye... Pourtant, il faut qu'elle ait du courage... un peu de courage... beaucoup de courage...

— Mais enfin, Marie...

— Eh bien, il faut que Mademoiselle

le sache... Il y a eu un accident, cette nuit, aux Bois-Murés...

— Un accident ?... De quoi parlez-vous ? Pourquoi ces réticences ?...

— C'est dans le parc, devant le petit pavillon...

Henriette ne pouvait pâlir davantage. Seulement elle ferma les yeux.

— Figurez-vous... on a trouvé, ce matin... un homme... qui avait l'air de dormir et... qui ne dormait pas... et qui était mort... et pas mort de sa belle mort... mais qu'on avait assassiné...

— C'est un malheur, un grand malheur... Et cet homme ?... Le connaîtrions-nous ?

— Oui... oh ! oui...

— Ah !... Serait-il de nos amis ?

— Oh ! mieux que cela...

Les yeux d'Henriette se rouvrirent, terrifiés.

— Mieux que cela, dites-vous ?

— Oui... que Mademoiselle me pardonne le mal que je vais lui faire... l'homme qu'on a assassiné devant le pavillon... c'est le père de Mademoiselle...

Henriette fit un bond hors de son lit. Elle eut un cri de folie. Et, vraiment, avec sa chevelure en désordre, sa pâleur exsangue, ses lèvres blanches, ses yeux hagards emplis d'épouvantements, elle avait bien l'air d'une folle...

— Tu mens, malheureuse, tu mens !...

— Je ne mens pas...

Alors, sans doute, quelque vision atroce passa devant le cerveau d'Henriette, car elle eut un cri étranglé :

— Horreur ! Horreur !... C'était mon père !

Elle tomba raide, demi-nue, aux pieds de Marie Jérémit qui souriait.

La femme de chambre était robuste. Elle la reporta dans son lit, la fit revenir à elle, puis, la voyant reprendre connaissance, s'esquiva sans bruit.

Henriette délirait, avec des mots incohérents, prise d'une fièvre ardente.

De funèbres souvenirs la hantaient, évoquant des spectres odieux contre lesquels elle se débattait.

— Ces cris... cette lutte, dans le bois, tout près de nous... Un crime se commettait... On aurait pu l'empêcher... J'ai barré la porte... avec mes bras... comme cela...

Elle étendait les bras au travers du lit, jouant la sinistre scène du pavillon.

— Je n'ai pas voulu qu'on lui portât secours... et celui qu'on tuait... sous mes yeux... c'était mon père... horrible ! horrible !... c'était mon père !...

Elle roula au bas de son lit dans une nouvelle syncope.

Et ce fut ainsi que Mme Villedieu la trouva, quand elle accourut tout en larmes, après le départ de Gervoise...

Gervoise était rentré à Primerose.

Il remonta lentement dans son cabinet de travail.

Il essayait d'avoir une dernière illusion : il se disait qu'il s'était trompé, en somme, qu'il allait retrouver sur la table le couteau sinistre... et qu'ainsi, le retrouvant, ce couteau n'avait pas été l'instrument d'un meurtre.

C'était une arme vulgaire, achetée jadis par Denis dans quelque fête foraine. Il n'était pas impossible qu'il y en eût deux, plusieurs, qui fussent pareilles. Et dès lors, d'un coup, tomberaient toutes ses angoisses. Il n'osait pénétrer chez lui, acquérir cette certitude. Il s'arrêta au moment de pousser la porte, enfin, soupira profondément, et entra...

Le couteau n'était plus sur la table.

Mais peut-être était-il caché sous des dossiers, des plans, des papiers ?

Il chercha, souleva, bouleversa, du reste sans espérance. Il l'avait conquise, la certitude, la terrible preuve.

L'arme qui avait tué Villedieu était sortie de ce cabinet, avait été prise sur cette table par quelqu'un qui était à Primerose. Le crime était venu de Primerose. A Primerose avait germé l'idée du sang répandu. Gervoise se rappelait fort bien que, la veille au soir, ce couteau était encore sur son bureau. Il l'avait déplacé à plusieurs reprises, en classant des notes. Même il était tombé, se fichant en terre à la pointe du pied de Denis, et Denis, en le ramassant, s'était assuré, machinalement, si la pointe ne s'était pas cassée. Donc, depuis la veille, et depuis la veille au soir, le meurtrier s'était emparé de cette arme. Et pas avant !...

Qui ?

Ce fut la question lancinante qu'il s'adressa cent fois en ces courtes minutes.

Il replaça le couteau sur sa table, parmi les papiers. Toute trace de sang avait disparu. En face de quel sombre mystère se trouvait-il ? Et surtout, quelle conduite allait-il tenir ?

En même temps que, loin de Primerose, la justice procédait à son enquête, lui, ferait son enquête à Primerose, sans éclat, sans éveiller les soupçons, et qui sait si ces deux enquêtes, partant de deux points différents, n'arriveraient pas au même but ?

Jacqueline, aux aguets, avait vu rentrer son mari. Il ne lui avait pas été difficile de deviner, à ses traits altérés, que quelque chose de grave s'était passé. Sans doute, le meurtre de Villedieu était déjà connu, et Gervoise venait de l'apprendre ?... Peut-être même avait-il voulu voir le cadavre ?... Et s'il l'avait vu, il aurait reconnu, du premier coup, l'arme sanglante enfoncée jusqu'au manche dans la plaie...

Il monta lourdement l'escalier. Il s'arrêtait à chaque pas.

Puis il resta longtemps enfermé chez lui. Ensuite, il redescendit. Il se promena dans les allées du jardin, la tête baissée, paraissant réfléchir profondément. Plusieurs fois, il leva les yeux vers l'appartement de Jacqueline. On eût dit qu'il attendait avec impatience qu'elle donnât signe de vie, sans pourtant vouloir l'éveiller trop tôt, au lendemain de cette nuit de fête.

Elle n'osait se montrer. Elle aurait voulu désormais passer ainsi sa vie dans la solitude, loin des hommes, sans plus voir aucun visage, sans plus entendre aucune voix. Qui donc pourrait retrancher de son souvenir l'heure funèbre de la veille, où elle avait frappé à mort ?...

Cachée derrière les rideaux, elle l'observait... S'il avait des soupçons, il ne l'attendrait pas ainsi... Déjà il serait venu à sa porte...

Le voilà qui rentre au château. Cette fois, il monte chez elle... On entre... Ce n'est pas lui. C'est la femme de chambre. Elle dit :

— Monsieur vient d'apprendre que Madame est levée... Monsieur voudrait parler à Madame, et attend Madame dans l'atelier...

Jacqueline reste indécise. Elle est troublée à ce point qu'elle s'assied, chancelante. La minute des tortures commence. Assurément, si Gervoise la surprenait en cet état, il concevrait sur-le-champ des doutes.

Elle murmure :

— Non, jamais, jamais je n'aurai la force de paraître devant lui, de lui parler, de supporter son regard...

Mais peut-elle le faire attendre davantage ? Quelle détresse ! Elle se décide... Elle sort. Lentement elle se dirige vers le cabinet de travail. Heureusement, personne ne la rencontre. Elle serait perdue. Digne de pitié, vraiment. L'atelier de Gervoise est ouvert. Elle aperçoit Gervoise, assis, devant sa table et songeant si profondément qu'il n'a pas entendu le pas furtif de sa femme...

Elle s'appuie, du bras, contre le seuil, avant de pénétrer là.

Et, tout à coup, horrifiée, elle voit sur la table quelque chose de bien simple et de bien vulgaire, et qu'elle a l'habitude d'y voir depuis bien longtemps...

Le couteau à longue lame aiguë, à manche de corne !...

Quelle force lui faut-il, à la pauvre femme, pour ne point défaillir ? Quelle force d'épouvante arrête, dans sa gorge, le cri d'angoisse et d'agonie ?

Car elle ne se trompe pas, elle non plus.

Ce couteau, laissé dans la poitrine de l'autre, le voilà !... La lame brille, ramasse un rayon de soleil en un point lumineux qui attire et éblouit les yeux... Pas une goutte de sang ! ! L'acier est pur... C'est donc lui, Gervoise, qui l'a retirée de la plaie saignante ? Lui qui l'a rapportée, l'ayant reconnue sans peine ?

Elle dit, éperdue :

— Mon Dieu ! protégez-moi !... pardonnez-moi !..

Gervoise se retourne. Brusquement, elle se raidit, dans un effort suprême où elle sait bien qu'elle joue toute sa vie !

— Comme tu es pâle !

— J'ai mal dormi. Ces fêtes me fatiguent, tu le sais. Je ne suis pas très mondaine. Tu as désiré me voir, ce matin. Que veux-tu de moi ?

Il lui semble qu'elle parle d'une voix étrange, lointaine. Et, comme elle ne sait pas ce que va lui dire son mari, elle essaye un sourire qui implore la pitié : « Aie compassion... Je suis coupable... mais cet homme était bien infâme et sa mort a été juste... J'ai juré de protéger ton bonheur depuis le jour où tu m'as sauvé ma fille... Cet homme menaçait... cet homme était le dernier des misérables... j'ai frappé... à la dernière minute... parce que je ne pouvais pas accepter son marché de honte et d'ignominie... Ne me maudis pas, ne me chasse pas... je suis vraiment victime... et je mérite qu'on ait pitié... » Voilà ce que disait le sourire, ce que disaient les yeux d'angoisse et les lèvres tremblantes, desséchées par l'émotion.

— Jacqueline, nous sommes en plein mystère. Il s'est passé chez nous cette nuit, pendant notre fête, une chose affreuse... Quelques minutes après être sorti d'ici, Villedieu a été assassiné dans son parc... Et le meurtrier s'est servi, pour accomplir son crime, du couteau que tu vois là...

Alors, il raconta sa promenade, sa lugubre trouvaille, sa visite aux Bois-Murés, ses incertitudes.

Il dit pourquoi il avait arraché cette arme du corps de l'homme...

Et il acheva :

— Voilà ce que j'ai voulu te dire tout de suite, Jacqueline, car j'ai compté que tu m'aiderais dans ma tâche. Le meurtrier est sorti de Primerose, cela ne fait aucun doute... C'est donc parmi mes gens qu'il faut chercher tout d'abord... à moins, — ce qui compliquerait singulièrement l'énigme — à moins que Villedieu n'ait eu un ennemi parmi les châtelains des environs qui assistaient à notre fête... que cet homme, en s'esquivant, ne se soit emparé de cette arme... Mais ceci est invraisemblable. Le problème est compliqué, tu le vois... Pour l'instant, nous n'avons qu'une chose à savoir : quelqu'un est-il sorti de Primerose, hier, vers dix heures du soir ? Soit un de nos domestiques, soit un de nos invités ... Si quelqu'un est sorti, à cette heure-là, en se cachant, sur les pas de Villedieu, ce ne peut être que l'assassin... Tu m'aideras à pénétrer ce mystère, Jacqueline !

— Je t'aiderai.

Une sueur froide mouille son front. Elle vient d'avoir cette pensée : Liliane aussi est sortie... la veille ! !

Est-ce qu'on va la soupçonner ?

Il fallait agir avec prudence, afin de ne pas donner l'éveil aux gens. Les questions, en effet, pouvaient leur faire soupçonner que Gervoise avait un intérêt quelconque à pénétrer le mystère de ce meurtre. Et de là à ce que la justice elle-même fût avertie, il n'y aurait qu'un pas. Denis n'interrogea donc qu'avec précaution, mais il acquit la certitude qu'aucun des domestiques ne s'était absenté. A l'heure où le meurtre avait été commis, tous étaient au château. Il ne se contenta point, naturellement, de l'affirmation de chacun d'eux, mais il sut habilement contrôler les dires des uns par les dépositions des autres. Du reste, sans aucune crainte, à mille lieues d'un soupçon, chacun s'expliquait. Non seulement ils n'avaient pas quitté Primerose à l'heure indiquée, mais aucun d'eux ne se rappelait avoir fait de remarque sur le départ de quelque invité.

Seul, Villedieu était parti, très ostensiblement.

— Il était dix heures moins le quart, fit le valet de chambre, qui s'était tenu toute la soirée au vestiaire... Je lui ai tendu son chapeau. Je lui ai donné son macfarlane, et, comme je lui demandais s'il fallait faire avancer sa voiture, il m'a répondu que c'était inutile, et qu'il la laissait à Madame.

— Et personne ne sortit derrière lui ?

— Personne ne sortit plus — du moins par le vestiaire — avant deux heures du matin. Je peux l'affirmer. Je n'ai pas bougé.

Ce fut Jenny, la femme de chambre de Liliane, que Denis questionna la dernière.

Aux premiers mots de Gervoise, elle fut décontenancée et toute surprise.

Denis s'en aperçut, la pressa. Le trouble de la femme s'en augmenta.

Elle finit par répondre :

— C'est vrai, oui, quelqu'un est sorti, en cachette, à l'heure que dit Monsieur.

— Qui donc ? fit Gervoise, devenu soudain attentif.

— Mademoiselle.

Gervoise tressaillit et, croyant n'avoir pas bien entendu, la fit répéter.

— Je ne peux pas dire exactement à quelle heure de la soirée Mademoiselle est sortie, ni à quelle heure elle est rentrée... Mais j'ai prévenu Madame, ce matin, lorsque j'eus fait cette découverte... Madame n'a pas manqué d'interroger Mademoiselle qui, justement, avait passé une partie de la nuit dans le lit de Madame... Alors, si Monsieur veut être renseigné, Madame lui donnera satisfaction...

— Comment l'avez-vous appris vous-même ?

Et elle répéta ce qu'elle avait dit à Jacqueline :

— C'est bien, merci... n'en parlez à personne... Je vais voir Madame...

Et, tout agité, il monta chez Jacqueline. Elle n'avait pas quitté sa chambre à coucher. C'était là qu'elle attendait, résignée, la catastrophe. Sachant à quelle enquête se livrait son mari, elle se demandait comment aboutirait cette enquête, et elle n'y voyait qu'un dénouement possible : son sacrifice.

Aussi, lorsqu'elle vit Gervoise et son visage soucieux, elle pensa :

— C'est fini, il a des soupçons.

Il la mit au courant. Et bientôt elle comprit ce qu'il venait demander.

— De tout ce que j'ai appris, il résulte un fait : nul n'est sorti de Primerose, à la connaissance de nos gens, et si l'un de nos invités a quitté le château pendant le bal, il a si bien pris ses précautions qu'il n'a pas été vu... Ceci, du reste, s'expliquerait, s'il avait traversé mon cabinet de travail pour prendre l'escalier particulier de l'orangerie... Il aurait pu sortir inaperçu. Pour accepter, toutefois, une pareille hypothèse, il faudrait supposer que le meurtrier connaissait le château, fût même un habitué, et que sa présence au premier étage n'était pas de nature à faire naître quelque surprise, dans le cas où cette présence aurait été remarquée par nos domestiques...

Comme Jacqueline écoutait sans répondre, il continua :

— En attendant que nous découvrions cet homme, je dois te faire part d'un renseignement qui m'a été donné par Jenny, la femme de chambre de Liliane. Mais, au fait, Jenny t'a mise au courant...

— Tu veux parler sans doute de l'imprudence commise par notre fille ?

— Tu connais son caractère un peu indépendant, son imagination ardente ?

« Oui, c'est une petite sauvage, je le sais ; mais sortir ainsi, en pleine nuit, toute seule, ce n'est pas seulement une imprudence, c'est une faute... Tu l'as grondée ? Tu l'as interrogée ?

— Certes.

— Et qu'a-t-elle répondu ?

— Elle a pleuré, elle m'a dit qu'elle ne recommencerait plus.

— Tout cela n'est pas une explication...

— J'ai voulu insister.

— Alors ?

— Alors, la pauvre enfant est tombée dans une crise de nerfs. Elle se repentait de son escapade, car, en rentrant, elle n'a pu s'endormir, elle a eu des cauchemars et, comme elle le fait quelquefois, elle est venue me rejoindre dans mon lit.

— Tout cela est bien mystérieux, qu'en penses-tu ?

— J'ai foi en elle. Je crois qu'elle ne nous cache rien. Si elle savait quelque chose, pourquoi nous en ferait-elle un mystère ?...

Gervoise restait soucieux. Il ne paraissait pas convaincu. Et les traits fatigués, fiévreux, les yeux apeurés de Jacqueline, qui semblait souffrir de cet entretien, tout cela, en vérité, n'était pas fait pour lui rendre du calme.

— Je veux en avoir le fin mot, et je la questionnerai moi-même, dit-il.

— Prends garde !

— A quoi ?

— Elle est nerveuse. Tu vas l'effrayer.

— D'où lui viendrait une si grande frayeur ? Ne m'aime-t-elle pas ? Et qui l'aurait si fort et si brusquement changée à mon égard ?

— Elle t'adore, tu le sais bien...

— Et c'est parce que je l'adore, moi aussi, que je veux tout savoir... Puis tu seras là près de moi... ta présence la réconfortera si, par hasard, et bien malgré moi, je te le jure, je me montre trop sévère...

Elle murmura, résignée :

— Qu'il soit fait comme tu le veux, Denis... Je vais la faire venir...

Elle était si triste, sa voix était si douloureuse, qu'il lui prit les mains, qu'il l'attira contre son cœur, et l'embrassa avec tendresse :

— Tu n'es pas fâchée contre moi ?

— Oh ! non !

— Tu m'aimes toujours ?

— Plus que jamais...

Oui, elle l'aimait !

Elle l'avait aimé plus que jamais en cette nuit terrible, puisque, par amour, elle avait commis un crime !...

Ainsi, sa vie, à la pauvre femme, s'enchaînait, irrémédiablement, de faute en faute...

Jadis, coupable comme fille, elle avait gardé le secret de sa maternité... Aujourd'hui, coupable comme femme, elle était condamnée au silence sur ce meurtre... L'un dérivait de l'autre... La première faute avait engendré la seconde... Elle se laissait descendre, emmenée par la fatalité.

Liliane, prévenue par une femme de chambre, entra.

Elle était à peine remise du drame nocturne qui s'était passé si près d'elle, et qui avait conservé, pour elle, tout son mystère.

Ses grands yeux noirs posèrent un regard effarouché sur Gervoise d'abord, et sur Jacqueline ensuite.

Elle devina que c'était une souffrance qu'on lui préparait, et son regard, clairement, sut dire à sa mère :

— Pourquoi ne m'as-tu pas épargné cette nouvelle torture ?

La mère eut le courage de sourire, pour lui donner confiance.

Gervoise, lui aussi, était souriant, même un peu craintif, car il avait peur de faire du mal à l'enfant.

Et il avait pour elle un cœur de père, tout prêt au pardon.

Il la prit sur ses genoux et l'embrassa en la caressant.

Elle avait le front et les yeux brûlants.

Il sentit, également, que les mains de la gentille fillette étaient traversées de courants tantôt chauds et tantôt glacés.

Et, pour la rassurer tout à fait, ce fut comme en se moquant qu'il dit :

— J'en apprends de belles sur votre compte, mademoiselle !

« Ainsi, vous sortez de votre chambre la nuit et vous allez courir seule à travers bois ?

« Car c'est bien vrai, ce que l'on m'a dit ?

« Vous êtes restée une partie de la nuit hors de Primerose ?

— C'est vrai, père.

— Et vous êtes revenue avec votre robe mouillée de pluie, tachée de boue, vos chaussures en loques... au risque de vous rendre malade... pendant que nous autres, qui avions confiance en vous, nous croyions que vous étiez en train de dormir dans votre lit... où nous étions allés vous embrasser, peu d'instants auparavant.

— Oui, père, je suis sortie, j'ai mal fait.

— Oh ! je suis bien sûr que vous ne recommencerez plus !

— Non, jamais !

Gervoise l'embrassa de nouveau. Puis, reprenant un ton plus sérieux :

— A présent, chérie, dis-nous ce que tu as fait... dis-le bien franchement...

L'enfant répéta, mot pour mot, ce qu'elle avait dit à sa mère.

Gervoise écouta ce récit.

Tout cela était vague.

Liliane précisait seulement l'heure où elle était sortie, et qui était à peu près la même que l'heure où Villedieu avait quitté la fête, sous prétexte d'un rendez-vous aux Bois-Murés.

N'y avait-il là, vraiment, qu'une coïncidence ?

Il sentait, sur ses genoux, trembler l'enfant, toute secouée de frissons nerveux. Cet effroi venait-il seulement de ce qu'elle s'attendait à être grondée ?... Mais on l'avait grondée souvent et jamais elle n'avait éprouvé pareille émotion... Aux sévérités qu'elle méritait parfois, par ses incartades, elle répondait par des câlineries et des baisers qui désarmaient Gervoise et toutes les fois Gervoise avait été vaincu... Si bien, le pauvre homme, qu'il finissait par demander pardon à Liliane de l'avoir grondée...

Aujourd'hui, rien de pareil... L'enfant était sous le coup d'une terreur si visible, si inexplicable, que, de toute évidence, il apparaissait à Gervoise que quelque chose avait bouleversé cette vie... cette innocence...

Et il voulait savoir !...

— Voyons, chérie... sache bien, d'abord, que tu n'as rien à redouter de nous.

« Nous ne te punirons pas. Nous ne te gronderons même pas. Tu nous as promis d'être plus sage et nous avons confiance en toi. Seulement, réponds bien en toute franchise aux questions que je vais te poser... Veux-tu ?

— Oui, père, j'essayerai...

Elle tourna son regard désespéré vers Jacqueline, comme pour implorer son assistance. Instinctivement, sa mère tendit les bras. Gervoise laissa l'enfant descendre de ses genoux et se jeter contre ce cœur maternel.

— Où es-tu allée, en quittant Primerose ?

— Dans le jardin, d'abord, puis dans le parc...

— Dans le parc de Primerose, ou dans celui des Bois-Murés ?

— Dans celui des Bois-Murés.

— Par où es-tu passée ?

— Par la petite porte verte... elle n'est jamais fermée...

— Ce n'était pas la première fois que tu t'y rendais ainsi, à pareille heure ?

— Non.

— Dans quel but courais-tu ainsi ces aventures ?

— Pour m'amuser...

Et comme Gervoise ne voulait pas la croire, elle ajouta naïvement :

— Je jouais à avoir peur...

— Peur de quoi ?

— De tout... de la nuit, des branches qui tombent, des feuilles qui remuent, des arbres qui craquent... des oiseaux qui pleurent... et des fantômes que fait la lumière de la lune, sous les fourrés, quand le vent souffle...

— Et, hier, tu as eu plus peur que d'habitude, n'est-ce pas ?

Elle dit, d'une voix très basse :

— Oui... Oh ! oui...

Elle se fatiguait, visiblement.

Gervoise s'en aperçut, mais il voulut insister.

— Dis-nous ce qui t'a effrayée...

L'enfant garda le silence.

— Où étais-tu, quand tu as éprouvé une si grande peur ?

— Au pavillon des Bois-Murés...

Jacqueline eut un long frémissement d'épouvante. Ses bras se serrèrent, en une étreinte convulsive, contre le corps qu'elle sentait trembler aussi, comme si elle avait voulu empêcher Liliane de parler.

— Que faisais-tu là ?

— Rien... Je jouais... je jouais à la petite fille abandonnée... comme je l'ai lu dans beaucoup de mes livres...

— Et ce qui t'a effrayée, ce fut ?...

— J'ai cru qu'il y avait là des hommes qui se querellaient dans la nuit... J'ai entendu des cris de gens qui appelaient au secours... J'ai bien compris qu'il se passait des choses terribles et je ne sais pas du tout ce que je suis devenue... J'ai dû être comme morte... je me suis retrouvée étendue et, en me souvenant, j'ai voulu m'enfuir, revenir bien vite auprès de vous, et j'ai vu un homme, dans le sentier, qui avait l'air de dormir. Je me suis égarée... On m'a poursuivie... Un chien a voulu me mordre... J'ai fini par retrouver mon chemin... et je suis rentrée chez moi... sans rencontrer personne pour s'étonner de me voir ainsi et pour me gronder. Voilà tout ce que je peux vous dire...

— C'est tout. Bien vrai ? Tu n'as rien oublié ?

L'enfant se pressa un peu plus contre sa mère, puis, tout à coup, ses membres se raidirent. Elle rejeta la tête en arrière.

La crise de nerfs la tordait.

Jacqueline l'emporta dans son lit.

Une terrible anxiété angoissait le cœur de la pauvre mère. Liliane, dont l'intelligence était développée, dont l'imagination était ardente, l'esprit très observateur, Liliane avait-elle dit la vérité tout entière ?

Si elle avait dit la vérité, Jacqueline était sauvée. L'enfant était arrivée trop tard pour être témoin invisible du meurtre accompli par sa mère.

Si elle avait menti, si elle avait assisté à cette scène sanglante, si elle avait reconnu sa mère, alors que devenir ? La mort s'offrait, pour Jacqueline, comme le seul dénouement possible à une aussi affreuse situation.

Dans cette détresse, dans cet immense désespoir, une espérance pourtant luisait encore :

Liliane n'avait manifesté pour sa mère aucune horreur.

C'était, dès le matin, auprès d'elle, au contraire, que l'enfant était accourue

Film Pathé. Production Ermolieff.

Aux questions du magistrat, Renaud refusa toute explication sur son absence et sur l'emploi de son temps. Cette attitude singulière ne pouvait que lui être funeste.

chercher un refuge contre ses cauchemars...

Dès lors, elle l'aimait toujours, cette mère si bonne...

Dès lors, elle n'avait donc pas menti ?

Dès lors, elle ne l'avait pas vue ?...

Jacqueline guetta, anxieuse, le réveil de Liliane. Ce premier regard qu'elle recevrait de l'enfant, au retour de la vie, serait d'une éloquence suprême et trahirait l'intime pensée... l'épouvante peut-être... ou la tendresse toujours !...

Liliane se réveilla !...

En reconnaissant sa mère elle souleva les bras... elle sourit... elle dit :

— Maman ! oh ! maman ! !

Et c'en fut assez pour que Jacqueline, soulagée enfin d'un doute horrible, éclatât en sanglots...

Elle pourrait vivre puisque l'enfant ne savait rien...

III

L'ENQUÊTE AUX BOIS-MURÉS

Le parquet de Melun, prévenu par dépêche dans la matinée, s'était transporté aux Bois-Murés. Un médecin légiste, immédiatement requis, l'accompagnait.

Henri Villedieu avait été laissé étendu au travers du sentier. Le médecin constata que la mort remontait à douze heures environ, c'est-à-dire à la veille au soir, entre dix heures et minuit.

On sut, d'autre part, que Villedieu avait quitté Primerose vers dix heures ; il n'y eut donc pas d'incertitude sur le moment de la soirée où le meurtre avait été commis.

La pluie, qui était tombée une partie de la nuit, avait effacé toute trace de pas, d'herbes foulées, de branchettes brisées, aux alentours du corps.

Il ne fallait pas chercher là un indice.

Mais le pavillon attira tout de suite l'attention des gens de justice. La porte en était encore entr'ouverte. Le juge d'instruction, le procureur de la République, entrèrent, firent partout une minutieuse perquisition.

Il semblait évident que ce pavillon, inhabité, où personne jamais ne venait, — les dépositions recueillies aux Bois-Murés furent unanimes sur ce point, — avait joué un rôle dans ce drame.

Il n'y fut rien découvert, toutefois, qui pût préciser ce rôle...

Cependant le procureur de la République, avisant l'escalier poudreux qui conduisait à l'étage supérieur, monta, lentement.

Vers la dixième marche, au tournant, il s'arrêta...

La couche de poussière n'était plus aussi informe. Sur toutes les marches, jusqu'à la chambre d'en haut, se voyaient des traces de pas... Ces traces montaient vers la chambre, s'y continuaient jusqu'à la fenêtre délabrée, à demi pourrie, ouverte sur les ruines de l'abbaye. Et le vieux frêne projetait vers la fenêtre ses branches qui avaient pu servir de passerelle pour grimper du sol dans la maison.

Quelqu'un avait pénétré là, et tout récemment.

Les traces, bien visibles, étaient celles d'un pied menu, étroit : évidemment un pied de femme. Le détail fut noté avec soin. Mais ce qui surchargea de ténèbres ce mystère, c'est que les traces de ces pieds ne descendaient pas plus bas que le tournant de l'escalier.

Sur les dernières marches, la vénérable poussière, accumulée par les années de solitude, n'avait pas été violée. Il semblait donc résulter, de cette marque, que la femme avait pénétré dans le pavillon, comme complice ou témoin du crime, mais n'avait point autrement participé à celui-ci. Tout cela était bien fait pour compliquer l'enquête.

Le corps de Villedieu fut transporté aux Bois-Murés.

Henriette, avertie, eut une syncope. Lorsqu'elle en sortit, ce fut pour retomber dans un accès de délire effrayant.

Plus calme, elle refusa longtemps de descendre dans la chambre où l'on avait couché le corps sanglant de son père.

Puis, dans un effort, elle descendit, pâle comme un spectre.

Elle entra dans la chambre mortuaire, où pleurait, à genoux, Mme Villedieu ; elle s'approcha du lit, en fermant les yeux pour ne pas voir ce visage de cire, ces traits où s'était gravé pour l'éternité le masque de l'épouvante, et elle tomba la tête dans ses mains...

Longtemps elle resta ainsi, absorbée...

Ceux qui entraient marchaient avec prudence, pour ne pas troubler cette prière d'une fille, et se retiraient de même.

S'ils avaient pu lire dans cette âme !

Ils auraient vu qu'elle n'avait même pas la force de prier !...

Elle était toute à l'angoisse et toute aux remords.

L'angoisse de cette enquête, à laquelle se livrait la justice et qui apprendrait peut-être la vérité sur le rendez-vous du pavillon...

Les remords d'avoir été, par sa lâcheté, complice du meurtre de son père...

Elle parut pourtant plus tranquille, vers la fin de la journée. Après être restée prostrée, abîmée près de son père, elle sortit.

On s'écarta respectueusement devant elle. On la vit qui prenait le chemin du parc. Sans doute, elle accomplissait, comme un pieux pèlerinage, le trajet qui devait l'amener au lieu où Villedieu avait été assassiné. Ce fut ce que l'on comprit, et l'on ne se trompait pas. Au moment où elle entra dans le parc, Marie Jérémit, sa femme de chambre, la rejoignit et lui dit :

— Mademoiselle s'en va, comme ça, faire une promenade bien douloureuse... Si Mademoiselle veut que je l'accompagne, ce sera plus prudent...

— Merci !

Marie Jérémit n'insista pas, mais elle suivit longtemps des yeux sa maîtresse.

Henriette s'engagea dans le bois. Quand elle se sentit hors de la vue des Bois-Murés, elle hâta le pas en se jetant dans les petits sentiers au lieu de suivre l'avenue, où elle craignait peut-être quelque rencontre. Mais elle ralentit au fur et à mesure qu'elle se rapprocha du pavillon. Elle aperçut bientôt celui-ci, au travers des broussailles. Son cœur battait avec violence. C'était là que le crime nocturne s'accomplissait, pendant que, les deux bras étendus contre la porte, elle empêchait de sortir l'homme qui voulait porter secours.

— Ah ! je n'aurai jamais la force, murmura-t-elle.

Elle s'assura qu'en cet instant personne ne se trouvait dans le bois. Toute la matinée, des curieux étaient venus, de Seine-Port ou de Boissise, puis, quand le cadavre fut transporté aux Bois-Murés, le parc redevint désert.

Elle se hasarda à sortir dans le carrefour des sentiers. La porte du pavillon était refermée, mais non à clef. Elle ouvrit et entra. Là, d'un coup d'œil rapide, où passait je ne sais quel affolement, elle embrassa l'ensemble du petit salon, les meubles, les moindres recoins... puis, ne voyant pas sans doute ce qu'elle était venue chercher, elle dérangea, fureta, souleva...

Lorsqu'elle reprit en chancelant le chemin des Bois-Murés, sans plus se dérober, cette fois, et par l'avenue, elle était plus pâle que jamais, et des paroles basses s'échappaient de ses lèvres.

— Je suis perdue, je suis perdue...

Elle rentra chez elle, s'enferma dans sa chambre. Elle n'en sortit plus. Quand Villedieu fut transporté au cimetière, Henriette eut une nouvelle faiblesse. Il lui fut impossible de suivre le cortège.

Tout le monde la plaignait. Et une femme la plaignait plus haut que toutes les autres : c'était Marie Jérémit...

On ne la vit guère descendre de chez elle pendant les deux jours suivants. Puis toujours pâle, plus calme pourtant, elle reparut, reprit ses habitudes régulières, mais quelqu'un fit la remarque que sa première sortie, un soir, très tard, avait été pour jeter une lettre à la poste. Ce fut encore Marie Jérémit qui fit cette remarque. Elle se trouvait par hasard au village, à la même heure. Du reste, cela n'avait aucune importance, et Marie n'y prit pas autrement garde.

Le surlendemain, pendant les visites de condoléances, un jeune homme se présenta. Il était aisé de deviner un militaire, sous son costume civil.

C'était Renaud Raigice, le lieutenant d'artillerie qui avait, quelques mois auparavant, demandé la main de la belle Henriette...

Comme Renaud était pauvre, Villedieu l'avait éconduit avec brutalité. Depuis ce temps, le jeune homme n'avait pas été revu aux Bois-Murés. S'il revenait ce jour-là, c'est qu'il espérait sans doute pouvoir renouer avec la veuve de Villedieu des relations qui n'avaient pas été interrompues par sa faute. Renaud était un garçon de taille moyenne, vigoureux et élégant. Il était très brun et il avait des yeux noirs très doux. Fils de petits cultivateurs des Ardennes, il avait pu, grâce aux sacrifices consentis par ses parents, faire des études et passer par Polytechnique. Il en était sorti dans les premiers rangs et avait choisi l'artillerie. Soldat passionné, et n'ayant d'autre ambition, il avait rencontré Henriette dans un bal, chez des amis communs, à Fontainebleau, pendant le précédent hiver. Il s'en était follement épris, et Henriette avait répondu tout de suite à cet amour. Le refus de Villedieu l'avait désespéré. Il commit sottises sur sottises dans son service. Les camarades de la batterie ne le reconnaissaient plus. Puis, tout à coup, on le revit plus calme, plus confiant dans l'avenir, presque joyeux même. Cela dura quelques mois. Et soudain, depuis une semaine, il avait repris son visage des mauvais jours. Plus triste que jamais, avec une amertume dans les regards, comme si une grande et irrémédiable désillusion était tombée sur son cœur, il devint taciturne, rechercha la solitude, répondit mal un jour à l'un de ses chefs, — peut-être sans savoir ce qu'il disait, — fut puni de huit jours d'arrêts à la chambre. Ses amis, qui l'aimaient et l'estimaient, eurent pitié de sa torture intime et voulurent pénétrer le secret que dérobait cette âme. Ils n'y réussirent pas, et se heurtèrent à un silence obstiné. Sa réputation en souffrit.

En s'approchant des Bois-Murés, en cet après-midi de la fin d'août, Renaud Raigice avait l'air très agité.

On eût dit qu'il reculait, au dernier moment, et qu'il n'osait entrer au château.

Plusieurs fois il vint jusqu'à la grille du jardin, après quoi il repartit. Son front était ridé de plis soucieux et ses yeux étaient troubles.

A plusieurs reprises, également, il relut un chiffon de papier froissé dans le creux de sa main, déjà lu et relu sans doute bien souvent.

— Que me veut-elle ? Pourquoi veut-elle me parler ?

Et, le déchirant, il finit par le jeter dans les broussailles où les morceaux s'accrochèrent contre les branchettes et les épines, comme des papillons blancs.

Puis une réflexion lui vint, qui le décida :

— Elle a besoin de moi peut-être... Peut-être court-elle un danger ?... Ou bien qui sait si elle n'a pas réfléchi à la cruauté de ses dernières paroles... et si elle ne va pas me dire qu'elle m'aime toujours... en me demandant pardon de m'avoir fait souffrir ?

Il entra, traversa les jardins, sous le grand soleil. Le jardinier qui travaillait le salua, au passage, d'un bonjour amical auquel Renaud oublia de répondre, ce qui fit que le jardinier le suivit longtemps des yeux, comme s'il avait été étonné et froissé d'un pareil manque de politesse chez le jeune officier.

Renaud coula un regard furtif vers les fenêtres du château. Il lui sembla que, au premier étage, là où il savait qu'était la chambre d'Henriette, une ombre le guettait, cachée derrière les persiennes qui se refermèrent lentement. Etait-ce elle ? Il se reprenait à espérer dans son désespoir d'amour. C'était Henriette, en effet. Le temps qu'il mit à traverser les pelouses, elle était descendue dans le vestibule. Ce fut elle qui ouvrit avant qu'il eût sonné. Et elle lui glissa rapidement :

— Je vais vous attendre aux Quatre-Chênes... Ne demandez pas à me voir...

Elle disparut. Alors, seulement, la porte d'entrée refermée, il sonna.

Ce fut Marie Jérémit qui vint ouvrir et qui l'introduisit au salon. A peine s'y trouvait-il qu'Henriette sortait lentement des Bois-Murés, un long voile de deuil cachant l'altération de son visage. Elle marchait, tête baissée, comme anéantie sous le poids de la catastrophe récente. Et le jardinier dit, avec pitié :

— Elle va prier au cimetière...

Hors de la vue des Bois-Murés, elle fit un coude brusque, revint sur ses pas, s'engagea sous les arbres et se dirigea vers un rond-point d'où l'on dominait la vallée de la Seine et les coteaux à pente douce de l'autre rive. Il y avait là deux bancs, sous des chênes centenaires. Elle s'assit et attendit. De petits frissons nerveux couraient le long de ses doigts gantés de noir, et c'était le seul signe d'émotion qu'elle donnât. C'était le seul mouvement, presque imperceptible, qui interrompit son immobilité absolue.

Un quart d'heure s'écoula.

Il lui paraissait déjà qu'elle attendait depuis des heures...

D'une oreille attentive, elle guettait tous les bruits qui arrivaient jusqu'à elle, tâchant de deviner, de très loin, l'approche de celui qu'elle attendait.

Un craquement léger, dans le sentier, la fit se retourner.

C'était Renaud.

Un coup d'œil autour d'elle. Rien à craindre. Ils étaient bien seuls. Alors, elle s'avança brusquement vers lui, et d'une voix que l'effroi étranglait :

— Mes lettres ? Vous avez emporté mes lettres, n'est-ce pas ?

Il la regarda, surpris, comme s'il ne comprenait pas. Et il y eut une seconde de silence entre eux, pendant laquelle Henriette le dévorait des yeux...

Elle répéta, avec un sanglot comprimé :

— Mes lettres, Renaud, mes lettres...

— Ne vous les ai-je pas rendues l'autre jour, dans le pavillon ?

— Ainsi, vous ne les avez pas ?...

— Vous me les aviez réclamées. Je vous les ai rapportées... Je ne les ai plus. Qu'en avez-vous fait ?

— Je ne sais pas... Oui, je me rappelle. Je les tenais... lorsque, tout à coup, nous avons entendu ces cris, cette lutte, cet horrible drame... Alors, que s'est-il passé ? Elles seront tombées de mes mains... Et comme je me suis mise à fuir, dans mon épouvante, je n'y ai plus pensé... C'est le soir, seulement... que le souvenir est revenu... Renaud, Renaud, vous voulez vous venger de moi parce que je vous ai fait souffrir... Il est impossible que ces lettres ne soient pas en votre possession...

— Je vous jure, Henriette...

— Ah ! mon Dieu !... Vous jurez ! vous jurez !

— Que sont-elles donc devenues ?

— Hélas !

— Etes-vous retournée au pavillon ?

— Oui.

— Et vous n'avez rien trouvé ?

— Rien... Alors, vous comprenez ? J'ai cru que vous les aviez reprises... Mais, du moment que ce n'est pas vrai, je suis perdue... perdue... car elles sont entre les mains de la justice... On apprendra notre secret... que j'étais votre maitresse... que c'était là, dans ce pavillon maudit, que nous nous donnions nos rendez-vous... et je suis perdue... je suis déshonorée... ma honte sera publique...

Renaud resta atterré.

Oui, ce qu'elle disait n'était que trop vrai... Mais il ne souffrait pas seulement de voir couler les larmes d'Henriette, il souffrait surtout dans son amour, car en elle il n'y avait que de l'égoïsme et le cœur ne parlait pas... Elle lui avait demandé un dernier rendez-vous en lui réclamant les lettres qu'il possédait.

C'était une rupture brutale dont elle ne lui avait pas donné d'explications. En vain l'avait-il questionnée. En vain l'avait-il accablée de reproches. Il avait pleuré, il avait supplié aussi. Elle était restée insensible et indifférente. Elle l'avait aimé, dans l'abandon de sa nature passionnée. Et maintenant elle le quittait. Voilà tout. Il avait dû se résigner. Il lui avait obéi. Il lui avait restitué toutes ces preuves de tendresses et toutes ces folies d'amour. Et maintenant, dans une catastrophe, cela venait de se disperser au vent de la tempête. Eux, qui avaient si bien gardé leur secret, n'étaient plus maitres de ce secret. Il y avait dans le monde une créature, plusieurs, peut-être, qui s'égayaient à la lecture de toutes ces phrases enflammées.

Henriette se tordait les mains :

— Que faire ? Comment savoir ? A qui s'adresser ?

Il dit, avec une infinie tristesse :

— Henriette, vous m'avez aimé, et je vous aime toujours... si vous étiez ma femme, Henriette, vous n'auriez rien à craindre de qui que ce soit...

Elle ne répondit rien. On eût dit qu'elle n'avait pas entendu.

— Vous tremblez pour votre honneur... En vous mariant avec moi, vous qui êtes à moi, vous qui n'avez plus le droit d'être à un autre, vous me confiez cet honneur... et vous l'abritez sous mon nom... Vous aviez voulu être ma femme... pourquoi vous êtes-vous reprise ainsi brusquement et m'avez-vous désespéré ? C'est lorsque votre père me chassa presque de chez lui, parce que j'étais pauvre, que vous vous êtes donnée à moi, comme si vous aviez voulu me faire oublier un pareil mépris, une telle injure... Pourquoi avez-vous ainsi changé ? J'ai eu sur vous, Henriette, des pensées atroces...

Elle ne l'écoutait pas. Lui, parlait quand même.

— Il faut que je vous les dise. Il faut que je soulage mon cœur... Il me semble avoir lu en vous, et ce que j'ai lu me trouble infiniment, Henriette... J'ai peur de n'avoir jamais été aimé... malgré tout, malgré vos caresses. J'ai peur de n'avoir été pour vous qu'un caprice, que vous avez satisfait afin de rompre l'ennui de votre solitude... et votre âme n'a été pour rien dans votre abandon... Je vous ai aimée ardemment, Henriette, et j'ai peur à présent de n'avoir plus pour vous que du mépris.

Elle ne releva pas l'outrage. Elle était loin, très loin de là.

— Vous avez assez de ce caprice, n'est-ce pas ? Et vous êtes fatiguée de votre fantaisie... Alors, vous m'avez rejeté comme un enfant rejette un jouet inutile dont il ne veut plus, et qu'il brise... C'est bien simple, et peu vous importe les douleurs et les désillusions que vous apportez. Vous faites, inconsciente, votre œuvre de ruine et de désespoir... Je ne suis plus rien pour vous... Vous vous souciez peu de ce que je vais devenir... Et déjà, sans doute, votre fantaisie s'est portée sur un autre... Henriette ! Henriette ! Pourquoi m'avez-vous aimé ? Pourquoi m'avez-vous fait goûter à vos baisers et m'avez-vous laissé ainsi d'inoubliables souvenirs ? Ah ! comme vous êtes cruelle ! Et vous restez froide à ce que je vous dis ? M'écoutez-vous, seulement ? Hélas !... Hélas !... Est-ce donc fini ? Après vous être donnée, pourquoi vous reprenez-vous ? Qu'ai-je fait pour mériter votre indifférence, après avoir conquis votre amour ? Je m'y perds... Dites... Répondez-moi quelque chose !...

Elle murmura :

— Perdue ! Je suis perdue !

Elle ne pensait qu'à elle !

— Qui sait si vous ne me cachez pas quelque projet de mariage ? Peut-être avez-vous trouvé un homme dont la fortune satisferait tous vos goûts de luxe et d'ambition ?... Moi, je suis pauvre, et près de moi l'existence eût été uniforme et modeste... Oui, ce doit être cela... et voilà pourquoi vous êtes si épouvantée en pensant que vos lettres d'amour peuvent être perdues ? Votre liaison dévoilée, connue, c'est la ruine de vos projets, c'est votre mariage avorté... Et voilà, n'est-ce pas, ce qui vous rend si tremblante ?... S'il en était autrement, que craindriez-vous ?

Cette fois elle avait entendu.

Et ce fut avec un regard de rancune, de haine, qu'elle répondit :

— Vous vous trompez, Renaud, et vous vous faites du mal à plaisir...

— Il est un moyen très simple de me prouver que je me trompe, que je vous accuse de pensées que vous n'avez jamais eues, et, pour vous avoir méconnue, de m'obliger à vous demander pardon à genoux...

— Dites ! fit-elle méprisante et lointaine.

— Un homme seul s'opposait à notre mariage, une seule volonté était entre vous et moi : l'homme est mort, la volonté a disparu ; il n'y a plus d'obstacle entre nous... Henriette, voulez-vous être ma femme ?

Elle réfléchit longtemps et dit tout à coup, singulière :

— Peut-être...

Son premier mouvement, à lui, fut de joie. Durant quelques secondes, il se retrouva heureux, oublia, fut repris tout entier par son amour.

Il étendit les bras pour la presser contre son cœur.

Elle se déroba par un retrait de corps.

Puis, soudain, une autre pensée l'arrêta dans son élan... Et sourdement :

— Henriette ! Henriette ! voulez-vous que je vous dise à quoi vous venez de réfléchir ?... et quelles résolutions viennent de traverser votre esprit ?...

— Voyons si vous avez deviné...

— Oui, j'ai deviné... et je ne vous croyais pas si égoïste ; et moi qui avais cru à votre franchise, je ne savais pas que vous étiez de glace et que vous calculiez si bien. Vous venez de vous dire ceci : « De deux choses l'une : ou mes lettres ont été retrouvées et seront employées contre moi pour me perdre, et alors je n'ai qu'un moyen de salut : un mariage avec mon amant... ou ces lettres ont été détruites, on ne sait comment, et alors à quoi bon épouser mon amant qui est pauvre, et pourquoi ne pas attendre l'homme qui me rendra riche ?... » Osez dire que ce n'est pas cela que vous venez de penser...

— Vous êtes fou, dit-elle, et je ne vous répondrai certes pas.

— Henriette ! Henriette ! votre froideur me fait trembler... Henriette, j'ai peur d'entrevoir dans votre âme je ne sais quel abîme de cruauté et de perversité...

Elle dit, avec cynisme :

— Vous n'avez pas à vous plaindre de moi... j'ai été à vous... il me semble que vous en pouvez être fier... Les joies ne sont pas éternelles... Pourquoi ne pas en prendre votre parti ?

— Mais vos paroles me blessent profondément.

— J'en suis fâchée. Je ne veux pas vous blesser. Je voudrais vous faire entendre raison. Pourquoi me supposez-vous des pensées qui ne sont pas les miennes ? Vous m'avez demandé si je consentirais à être votre femme. Je vous ai répondu : « Peut-être. » Pourquoi ne pas vous contenter de cette réponse qui vous ouvre l'espérance ?

— Parce que je ne vous crois pas... parce que je crois que cette demi-promesse est subordonnée dans votre esprit à une condition... ainsi que je vous l'ai dit.

— Je pourrais vous dire que vous m'outragez, mais j'ai pitié de votre état de fièvre... Ce que je vous ai dit, je vous le répète, et je ne vous le redirai plus... Adieu, Renaud...

Elle hésita, puis :

— Une dernière fois, vous n'avez pas ces lettres ?

— Je vous le jure !

Elle soupira et murmura :

— Que va-t-il advenir de tout cela ?

Ensuite, elle rabattit son grand voile noir sur son visage et partit, lentement, sans lui serrer la main. On eût dit vraiment qu'elle se séparait d'un étranger.

Il la regarda s'éloigner, espérant qu'elle se retournerait vers lui, du moins une fois, mais elle disparut derrière les arbres. Elle ne s'était pas retournée...

Renaud gagne la gare, attendit le train de Fontainebleau. Il ne remarqua pas deux hommes qui le considéraient attentivement, qui ne le quittèrent plus, et montèrent dans un compartiment voisin du sien. Pendant le trajet, le jeune officier resta absorbé, les yeux demi-fermés, sans un mouvement. Sa pensée triste suivait Henriette, évoquait les jours d'ivresse, si brutalement interrompus par une désillusion brutale. Une sorte de lèpre s'étendait sur ce cœur loyal. Il avait cru en sa maîtresse. Il ne croyait plus à rien. Rien n'existait plus, ni droiture, ni amour, ni vérité. Il n'y avait plus au monde que mensonges.

Du compartiment voisin, quatre yeux le guettaient par le vasistas. A un certain moment, un des deux hommes dit à l'autre :

— Il pleure !

Et c'était vrai ! Renaud, sûr de ne pas être vu, pleurait.

A Fontainebleau, il descendit. Distrait, il oubliait de donner son billet. On le lui réclama. Il s'excusa.

Et la tête basse, absorbé, il sortait de la gare, lorsqu'il s'arrêta tout à coup avec un tressaillement.

On venait de lui frapper sur l'épaule.

Il se retourna. Deux hommes étaient devant lui, polis, souriants, le chapeau à la main. Et l'un des deux disait :

— C'est bien à M. Renaud Raigice que nous avons l'honneur...

— Oui, que me voulez-vous ?

— Nous venons vous prier de nous accompagner chez M. le juge d'instruction.

— Pourquoi faire ? Je n'ai rien à voir avec le juge d'instruction...

— Ceci ne nous regarde pas, monsieur. Nous avons des ordres...

— Contre moi ? fit Renaud stupéfait.

— Oui...

— Il y a erreur, assurément.

— S'il y a une erreur, elle se dissipera chez le juge. Veuillez nous suivre.

Docile, marchant comme dans un rêve, et sans rien comprendre à ce qui se passait, Renaud obéit.

Les deux agents l'avaient placé entre eux, et souriaient toujours, obséquieux, très aimables.

Renaud ne les questionna plus.

La nouvelle de l'arrestation fut connue le lendemain à Boissise. Ce fut Marie Jérémit qui l'apprit, le matin, aux ateliers, et qui, remontant au château, se chargea de l'annoncer à Henriette. L'air sournois, ses yeux noirs cachant mal une joie intime sous l'apparence de la pitié, la jolie paysanne aidait Henriette à s'habiller, rôdant çà et là dans la chambre de sa maîtresse. Elle hésita un moment, puis, tout à coup, le flot déborda :

— Mademoiselle ne sait pas ?

— Quoi ?

— Ah ! une fameuse nouvelle, allez.

— Laquelle ?

— Et qui va faire plaisir à Mademoiselle... Car, bien sûr, Mademoiselle ne doit avoir qu'une idée en tête, la punition de l'assassin de son père...

Henriette frissonna. Elle se coiffait, les bras nus, les mains paraissant d'un marbre blanc très pur dans le noir intense de ses cheveux. Les bras retombèrent.

— Que veux-tu dire ?

— Je veux dire que l'assassin a été arrêté, hier, à Fontainebleau...

— Et quel est cet homme ?... Un vagabond, un inconnu ?

— Que non point, mademoiselle... Et il faut que Mademoiselle se tienne à sa table de toilette si elle ne veut pas être renversée d'étonnement.

— Enfin, vous expliquerez-vous, Marie ?

— C'est l'ancien amoureux de Mademoiselle...

— Renaud Raigice ?

— Juste... On l'a arrêté hier comme il descendait du train et quittait la gare, à Fontainebleau... Hein ? qui est-ce qui aurait jamais deviné ça ?

Elle aurait pu parler longtemps. Henriette, foudroyée, venait de s'évanouir.

La jeune fille fut de longues minutes avant de reprendre connaissance, et Marie Jérémit commençait à s'alarmer, lorsque, enfin, sa maîtresse ouvrit les yeux, des yeux hagards, terrifiés. Marie murmurait :

— Que Mademoiselle me pardonne ! j'avais su l'effet que cette nouvelle devait produire à Mademoiselle... je n'aurais rien dit...

Henriette, perdant toute prudence, balbutiait :

— Renaud arrêté, Renaud accusé de ce crime... est-ce possible ? Mais c'est inique ! mais on se trompe ! Mais ce n'est pas lui, puisque...

Elle s'arrêta, devant la femme de chambre, qui l'écoutait, avidement.

Elle allait dire :

— Ce ne peut être Renaud... et c'est folie de l'accuser, puisque, à l'heure, à la minute où ce crime se commettait, Renaud était près de moi ! Puisque ce crime, nous l'avons entendu se commettre, et puisque, détail affreux, Renaud voulait se jeter au secours de la victime, de mon père, et puisque c'est moi, horreur ! qui l'en ai empêché !... Vous voyez bien que Renaud est innocent !...

Mais si elle avait dit cela, elle se fût perdue ! C'était le scandale, la honte qu'elle redoutait, sa lâcheté connue, et la fatalité terrible qui faisait d'elle une sorte de parricide inconsciente.

Elle pensa :

— Renaud saura bien prouver qu'il n'est pas coupable.

Et ses lèvres restèrent closes.

Ce fut à peu près à la même heure que l'on connut cette nouvelle à Primerose. Et chez ceux qu'elle intéressait, l'émotion ne fut pas moindre qu'aux Bois-Murés. Jacqueline eut une minute d'angoisse, en apprenant qu'un innocent était accusé du meurtre dont elle était coupable. Sa loyauté se révolta contre une pareille accusation, contre une telle injustice. Elle ne connaissait point le jeune officier. Elle avait entendu deux ou trois fois à peine prononcer son nom, à propos du mariage dont il avait été question avec Henriette. C'était tout. Mais que lui importait ? Elle prit tout de suite, à part soi, la suprême résolution de ne pas le laisser condamner, si par impossible l'accusation amenait Renaud Rai-

Renaud était aux arrêts lorsqu'il reçut le mot pressant d'Henriette.

Film Pathé. Production Ermolieff.

Le commandant trouva le logis vide quand il vint voir son lieutenant.

Film Pathé. Production Ermolieff.

Malgré l'assurance de Renaud, l'avocat restait sceptique, il ne croyait pas à la démarche du sauveur inconnu.

Film Pathé. Production Ermolieff.

Henriette, enfermée chez elle, est en proie à l'angoisse et à la peur.

Film Pathé. Production Ermolieff.

C'était au défenseur de Renaud, à un vieillard, mais un vieillard très riche, qu'Henriette avait donné sa main.

gice jusqu'en cour d'assises. Seulement, elle attendait, guettant les événements et se tenant, à l'insu de Gervoise, au courant de ce qui allait se passer.

La même résolution était prise par Gervoise.

— Le crime est parti de Primerose, dit-il. Or, nous ne connaissons pas Renaud Raigice. Il nous est complètement étranger. Il n'a jamais mis le pied chez nous. Ce ne peut donc être ce jeune homme qui s'est emparé, dans mon cabinet de travail, de l'arme que j'ai retrouvée dans la poitrine de Villedieu...

Et lui aussi attendit, prêt à intervenir si une condamnation infamante menaçait de perdre à jamais l'officier.

Et Liliane ?

Personne ne lui parla du meurtre et de l'enquête. Ce n'était pas là une conversation qu'on tient aux fillettes. Mais, de son côté, elle avait été mêlée de trop près au drame nocturne pour que sa curiosité ne fût pas vivement surexcitée.

Ce qu'on lui cacha, elle l'apprit donc quand même.

Ce nom de Renaud Raigice ne lui disait rien. Elle n'avait aucune raison pour croire qu'il ne fût pas coupable.

Quels indices ou quelles preuves avait-on pu découvrir contre le jeune homme ?

Ce n'était pas la première arrestation faite depuis ce meurtre.

Le lendemain, un vagabond, connu dans le pays sous le nom de Le Méchou, avait été mis sous les verrous. On l'avait vu, en effet, rôder dans la soirée, aux alentours de Primerose. Il était ivre, accostait les passants, se querellait, chantait, roulait dans les fossés, zigzaguant si bien le long du chemin de halage qu'à plusieurs reprises il avait failli se jeter dans la Seine. Le matin, dans une auberge de Boissise, il avait, toujours gris, tenu des propos bizarres. Les gendarmes, qui, du reste, le recherchaient pour différents délits, lui avaient mis la main au collet. A Melun, interrogé, il avait prouvé aisément un alibi indiscutable. A l'heure où Villedieu avait été assassiné, Le Méchou était dans une auberge de Seine-Port. Mais l'ivrogne ne s'était pas borné à répondre aux questions, à se défendre et à se tirer d'affaire. Pour se concilier les juges et s'attirer leur bienveillance, il avait accusé à son tour. Car le soupçon qui atteignait Renaud Raigice était bien parti de cet homme. Voici comment.

Le Méchou prétendit qu'il avait vu Renaud descendre, par un train du soir, à la gare de Cesson et se diriger vers les Bois-Murés.

Justement, lui-même faisait ce trajet. Il suivit l'officier. La nuit vint. Le Méchou vit disparaître Renaud dans le parc. Il ne s'en occupa plus et poursuivit son chemin. Or, il arriva, au courant de la nuit, vers onze heures, que Le Méchou rencontra de nouveau l'officier. C'était quelques minutes avant que l'ivrogne fît une autre rencontre, celle de Liliane. Bien qu'il n'eût plus guère de sang-froid, il remarqua, dit-il, que Renaud courait, effaré, éperdu, et il affirma que le jeune homme lui avait demandé le chemin de Cesson... Voilà pourquoi il l'avait reconnu...

Les magistrats n'eussent peut-être pas apporté grande attention à ces racontars du vagabond, si tout à coup une nouvelle plus grave ne leur était parvenue, faisant planer, cette fois, le soupçon sur Renaud.

Le jour même du meurtre de Villedieu, Renaud était aux arrêts depuis quatre jours et pour quatre jours encore. Nous l'avons dit. Depuis quelque temps le pauvre garçon semblait ne plus posséder son sang-froid, et il avait mal répondu à son commandant.

Or, le soir du meurtre, à sept heures, le commandant, voulant lever la punition, et avoir avec Raigice une explication amicale, passa chez le lieutenant... et ne put que constater son absence...

Renaud avait forcé les arrêts... L'officier plaça un factionnaire devant la porte... et il fut avéré que le jeune homme était resté absent toute la nuit, étant rentré seulement vers cinq heures. Le commandant fit son rapport au colonel. Les arrêts furent doublés. Mais l'affaire fit du bruit à la batterie, déborda dans la ville, fut connue, et arriva aux oreilles de la justice.

On n'ignorait pas que jadis Renaud avait demandé Henriette en mariage, et que Villedieu l'avait repoussé. Plusieurs fois, on avait entendu Renaud parler de Villedieu avec amertume, avec rancune, même. Et le changement survenu dans le caractère du jeune officier avait indiqué clairement qu'il n'avait pas bien supporté la chute de ses espérances, et se révoltait devant cet obstacle à son amour pour Henriette.

Le résumé de ces premiers indices fut donc le suivant :

Renaud avait forcé les arrêts. Manquement grave à la discipline, pour une cause encore à connaître. Il avait quitté Fontainebleau, pris le train, s'était arrêté à la gare de Cesson, avait été vu, dans la soirée, aux abords du château des Bois-Murés, avait été vu, une seconde fois, plus tard, au milieu de la nuit, toujours dans le parc, courant avec l'allure d'un homme épouvanté, et la tête si perdue qu'il ne reconnaissait même plus un chemin qui devait pourtant lui être familier, puisqu'il l'avait suivi souvent au temps où il fréquentait chez Henri Villedieu.

Où avait-il passé les quelques heures écoulées entre son arrivée en gare du petit village et son retour ?

Et à quoi les avait-il employées ?

Il parut à la justice criminelle qu'il y avait là un mystère qui valait la peine d'être éclaici, — et d'être éclairci par elle-même, — en raison d'une complicité civile probable, qui devait s'opposer à ce que la juridiction militaire eût à se prononcer sur le cas du jeune officier. Et celui-ci fut mené chez le juge d'instruction.

Renaud s'y laissa conduire, sans plus adresser la parole aux agents.

Après la première surprise éprouvée, il avait retrouvé sa présence d'esprit. Il était, de toute évidence, victime d'une fâcheuse erreur, et la plus simple explication qui lui serait demandée dissiperait vite ce malentendu.

Il allait sortir tout à l'heure du Palais de Justice avec des excuses.

En attendant, il y entrait.

Le juge d'instruction, chargé, sur commission rogatoire du parquet de Melun, d'interroger Renaud, était dans son cabinet. Il ne fit pas attendre l'officier, qui fut introduit sur-le-champ. Renaud s'avança vivement vers le magistrat.

— Enfin, monsieur, je vais connaître le motif de la mesure inqualifiable...

— A l'instant, monsieur, dit le juge avec politesse. Veuillez vous asseoir.

Et Renaud s'assit, les yeux fixés sur le juge qui se tourna vers lui.

— Vous étiez aux arrêts, il y a quatre jours, exactement dimanche dernier ?

Le jeune homme parut surpris. Il répondit avec quelque vivacité :

— Ceci, monsieur, regarde plus particulièrement mes chefs, et je ne vois pas du tout de quel intérêt cela peut être pour vous de savoir...

— Un intérêt très grand. Vous allez le comprendre. Vous étiez aux arrêts ?

— Depuis quatre jours.

— Et pour quatre jours encore ?

— C'est exact...

— Dimanche soir, votre commandant se présenta chez vous. Vous aviez eu — ensemble — quelques mots vifs. Il vous avait puni, comme c'était son devoir. Mais il voulait avoir avec vous une explication amicale à la suite de laquelle il eût levé la punition. Il ne vous trouva point chez vous, et vous veniez de manquer gravement à la discipline.

— Mais, monsieur, je vous ferai observer, pour la seconde fois, que tout ceci ne regarde en rien la justice civile...

— Patience. Vous allez voir, peut-être, que justice civile et justice militaire vont se rencontrer en cette occasion... Vous aviez donc forcé les arrêts ?

— Oui...

— Votre punition fut doublée. On eût pu être plus sévère. Et vous n'avez point paru vouloir tenir compte de l'indulgence dont vos chefs usaient envers vous, puisque, deux fois, vous vous êtes rendu coupable du même acte d'indiscipline !... Vous avez, de nouveau, aujourd'hui, forcé les arrêts, et vous vous êtes rendu aux environs des Bois-Murés. Suis-je bien renseigné ?

— Je ne répondrai plus, monsieur, que lorsque vous m'aurez dit les raisons de cette sorte d'interrogatoire et où vous voulez en venir...

— Soit ! Vous allez le deviner. Où êtes-vous allé dimanche dans la nuit ?

— Que vous importe ? fit brusquement Renaud.

— Il m'importe beaucoup, monsieur, que vous me renseigniez.

— Je refuse de répondre.

— Vous ouvrez donc la porte à toutes les conjectures... Vous êtes descendu à la gare de Cesson et vous vous êtes rendu aux alentours des Bois-Murés... Vous avez fait, dimanche dernier, ce que vous avez fait aujourd'hui même.

— Possible. Ensuite ?

— Quelle raison si impérieuse vous y amenait ?

— Ceci est mon affaire, et je ne reconnais à personne le droit de s'en inquiéter.

— Nous autres, monsieur, nous avons qualité pour nous inquiéter de ces choses, et nous sommes indiscrets, par devoir et par nécessité...

— Vous êtes mal tombé avec moi et vous ne saurez rien...

Le juge sourit.

— Peut-être, peut-être... Veuillez me dire, d'abord, si vous reconnaissez être allé, dans la soirée de dimanche dernier, aux Bois-Murés...

— Non, pas aux Bois-Murés...

— A Primerose, alors ?

— Non plus.

— Dès lors, où vous êtes-vous arrêté ?

— Ceci est mon secret.

— Non. Ce n'est plus un secret. Vous avez été vu à la gare de Cesson à votre arrivée, vers sept heures, et à votre départ dans la nuit. Dans l'intervalle, on vous a rencontré aux abords des bois de Primerose, et comme vous sortiez des Bois-Murés.

— Cela est faux...

— On vous prouvera que vous ne dites pas la vérité !... Vous paraissiez même si ému, si troublé, par quelque émotion violente, que vous ne reconnaissiez plus votre chemin et que vous vous êtes adressé à un passant sur la route...

Renaud frémit. C'était vrai. Mais pourquoi toutes ces questions ? Il ne se rendait pas compte, à cent lieues de se douter de la vérité.

— Niez-vous toujours le fait ?

— Non.

— Entre sept et trois heures du matin, où avez-vous passé la nuit ?

— Je ne vous reconnais pas le droit de me le demander.

— Prenez garde, monsieur. Nous arrivons, tous deux, au point délicat de cette entrevue. Vos explications peuvent être si claires que vous sortirez libre de mon cabinet. Mais si vos explications sont hésitantes et si vous refusez de m'en donner, je serai obligé de vous arrêter...

Renaud se leva, renversant sa chaise...

— M'arrêter, moi ? Et de quoi m'accuse-t-on, je vous prie ?

— On ne vous accuse de rien — du moins pas encore... Mais votre refus de nous répondre attirerait sur vous le soupçon... terrible...

— Un soupçon ?... Parlez, monsieur...

Quel qu'il soit, je n'ai rien à me reprocher et je pourrai me disculper d'un mot...

— Le soupçon d'avoir assassiné M. Henri Villedieu.

— Moi ?

— Vous !

Il y eut un long silence. Renaud semblait repasser dans son esprit les paroles du juge afin de s'assurer qu'il les avait bien comprises. Le juge l'observait. Il dit enfin, après un long moment, et avec une nuance d'ironie :

— Vous ne trouvez rien à répondre, à ce que je vois ?...

Renaud eut un rire nerveux.

— Ma foi, monsieur, lorsqu'il vous tombe une cheminée sur la tête, on n'a généralement rien à dire... On la reçoit et c'est tout... Laissez-moi vous affirmer toutefois que le soupçon est tout simplement ridicule...

— Je ne doute pas que vous allez le faire évanouir par un seul mot...

— Que faut-il vous dire pour cela ?

— Il faut répondre à la question que je vous posais tout à l'heure et que je vais répéter : « Dimanche dernier, pour quelle cause avez-vous rompu vos arrêts pour prendre le train et vous rendre aux Bois-Murés ? Et quel a été l'emploi de votre temps entre sept heures du soir et trois heures du matin ? »

Le visage de Renaud était devenu grave.

Il comprenait toute la difficulté de la situation pénible où le hasard l'avait jeté. Il ne voulait pas croire encore que cela fût aussi terrible que le juge l'avait dit, mais il sentait confusément qu'à cet homme qui interrogeait par une question précise, il fallait également une réponse précise, et il était un peu effrayé, car cette réponse était impossible.

Le magistrat regardait le jeune homme avec une certaine curiosité un peu anxieuse.

Et devant cette hésitation si visible :

— Réfléchissez, monsieur... et songez, surtout, que votre liberté dépend de ce que vous allez me dire...

Ce que Renaud avait fait entre sept heures et trois heures du matin ? Hélas ! Chacune des minutes qu'il avait vécues cette nuit-là resterait dans sa mémoire éternellement. En descendant du train, il était allé au bord de la Seine, non loin du château où, de son côté, Henriette attendait l'instant de leur rendez-vous, dans le pavillon du carrefour. Il avait erré au hasard, sans but, en attendant dix heures, tout à ses regrets, tout à son désespoir d'amour, tout à la chute de ses chères illusions... A dix heures, il se trouvait au pavillon, où déjà Henriette l'attendait, anxieuse, égoïste, ne songeant point à la douleur qu'elle causait à cet homme, pensant seulement que cet homme — qui avait été son amant — possédait des lettres qui pouvaient la perdre, et n'ayant qu'une envie, celle de reconquérir ces lettres. Après quoi ce serait fini. Renaud avait essayé de l'implorer encore... Elle ne s'était pas laissé attendrir... Puis, tout à coup, les cris, la lutte, les râles d'agonie... Et Renaud, malgré la jeune fille, se jetant au secours de celui qui appelait... et reconnaissant Villedieu... Alors, il avait été comme fou. Il s'était enfui, par le bois. Il avait erré longtemps, il s'était retrouvé sur la route, sans se reconnaître... Il s'était adressé à une sorte de mendiant pour demander son chemin... Et il avait regagné la gare où il attendit, dans l'angoisse et la peur, le premier train...

Voilà à quoi il avait employé son temps !...

Et de tout cela, pouvait-il dire au juge quelque chose ?

Impossible, car il faudrait mêler à son récit le nom d'Henriette...

Le juge, gravement, redisait :

— Prenez votre temps pour réfléchir, monsieur... Je ne tiendrai pas compte de votre longue hésitation. Je ne tiendrai compte que de votre réponse.

Renaud voyait enfin le danger... Et quel danger !... Et, d'une voix émue :

— Monsieur, dit-il, je ne puis vous faire la réponse que vous attendez...

— Vous refusez de me faire connaître l'emploi de votre nuit de dimanche ?

— Oui, monsieur.

— Songez à la gravité de ce refus... Réfléchissez encore...

Renaud secoua la tête.

— Inutile, monsieur... Je ne dirai rien de plus... Si, toutefois : je dirai que cette accusation de meurtre qui va me déshonorer est odieuse, et je proteste devant vous, de toute mon énergie, que je suis innocent... Pourquoi aurais-je tué M. Villedieu ?

— Ceci, monsieur, n'est pas mon affaire.

« Je ne suis pas chargé de l'enquête, vous vous expliquerez devant le parquet de Melun.

— Ainsi, vous m'arrêtez ?

— Voulez-vous répondre à ma question ?

— Je ne le peux.

— Alors, je vous arrête, monsieur.

Le même soir, Renaud Raigice était écroué à la maison d'arrêt de Melun.

L'attitude singulière de Renaud, refusant toute explication sur son absence et sur l'emploi de son temps, ne pouvait que lui être funeste.

L'enquête minutieuse que l'on continua donna la certitude que le jeune homme avait subi une forte dépression morale depuis le jour où Villedieu l'avait brutalement éconduit.

Ses camarades interrogés, tout en protestant de sa loyauté et de son innocence, furent unanimes en leurs réponses.

On apprit, de même, qu'à plusieurs reprises, dans la première surexcitation née de la perte de ses espérances, Renaud Raigice s'était laissé aller devant témoins à des paroles imprudentes, presque à des menaces.

Le juge les lui rapporta.

— Reconnaissez-vous avoir proféré ces menaces ?

Renaud essaya de se souvenir, mais la mémoire de ces choses passagères s'était affaiblie en lui, en même temps que le ressentiment qui les avait fait naître.

Il ne nia ni ne confirma rien.

Il ne se rappelait pas, simplement.

L'indice le plus grave relevé contre lui était sa présence inexpliquée aux Bois-Murés, la nuit du crime.

Le magistrat, ému de ses protestations, lui disait :

— Que ne parlez-vous ! Il s'agit de votre honneur... Un mot vous sauverait de la cour d'assises...

— Je ne parlerai pas...

On se heurtait à une résistance étrange.

Chaque fois que, de la prison de Melun, on conduisait Renaud au parquet, l'officier semblait concevoir je ne sais quelle espérance inavouée.

Il marchait d'un pas plus léger. Ses yeux étaient plus brillants. Il avait une sorte de hâte d'arriver et de se trouver devant le juge.

Les gendarmes qui l'escortaient le remarquèrent.

Ils crurent devoir en faire la réflexion au juge, mais ils ajoutèrent que cette attitude ils ne la trouvaient plus la même, au retour, chez leur prisonnier.

En effet, il rentrait à la prison plus triste, plus découragé que jamais.

Le juge le lui dit, une fois, alors que depuis une dizaine de jours déjà Renaud était sous les verrous.

— Vous venez dans mon cabinet avec une hâte fébrile... Vous en sortez avec un abattement étrange... Pourquoi ?...

— N'est-ce pas naturel ? Lorsqu'on vient me chercher dans ma cellule, n'ai-je pas le droit de me dire, puisque suis innocent, que je n'y rentrerai mais ? Et lorqu'on m'y ramène, n'ai-je pas le droit d'en être, un peu plus que la veille, désespéré ?

— Est-ce bien là l'expression de *tout* ce que vous éprouvez ?

Il avait appuyé sur le mot.

— Oui !

Renaud ne disait pas la vérité.

Lorsqu'il reçut, pour la première fois, la visite de son avocat, Mᵉ Jodry-Thuret, celui-ci, qui avait étudié le dossier, lui posa certaines questions ainsi qu'avait fait le juge.

Renaud crut devoir s'enfermer dans le même silence.

Toutefois, pressé par son défenseur, il dit un jour :

— Je ne suis pas inquiet. Je suis innocent. Quelqu'un le sait. Quelqu'un peut me sauver ; quelqu'un viendra, au dernier moment, proclamer mon innocence et sa déposition sera si éclatante, si convaincante, que nul doute ne subsistera.

— Un homme ou une femme ?

— Je ne veux pas le dire...

— C'est donc une femme, avait répliqué l'avocat... Car s'il s'agissait d'un homme, vous n'y mettriez pas tant de discrétion... Il y a, dans votre cas, une femme dont l'honneur est en jeu... Vous ne pouvez la nommer, bien entendu... Il est possible que vous ayez rompu vos arrêts, la nuit du crime, pour rejoindre cette femme. Et pendant qu'on assassinait M. Villedieu, vous étiez avec elle... Voilà une preuve de votre innocence... Mais la femme est mariée, sans aucun doute... et il ne faut pas révéler cet adultère au mari. La situation est difficile... Je tâcherai de le faire comprendre aux juges et aux jurés, à demi-mot, car il faut bien vous attendre à passer en cour d'assises, à moins que vous ne soyez résolu, en fin de compte, à dire la vérité pour éviter un aussi tragique dénouement...

— Vous vous trompez, monsieur Jodry, fit tristement Renaud. Il ne s'agit ni de l'honneur d'une femme mariée, ni de l'honneur d'un mari.

— Alors, je m'y perds... Et je le regrette, car, pour mon plaidoyer, cela s'arrangerait si bien... Oui, je le regrette et je ne comprends plus... car, s'il ne s'agit pas d'une femme mariée, de qui s'agit-il ? Un homme sacrifie sa vie et son honneur pour sauver l'honneur d'une femme, soit ! Mais pour sauver l'honneur d'un homme, c'est autre chose... à moins que cet homme ne vous touche de très près, ne soit lié à vous par une parenté étroite, ou par la reconnaissance de services rendus... J'ai étudié chacune des années de votre existence et je ne vois rien de tout cela, aucune chaîne de ce genre... Puis, un homme ne vous laisserait pas condamner... Il essayerait de vous sauver, n'importe comment, non pas même en se livrant, mais en écrivant au juge. De quelque façon que ce soit, il s'emploierait à votre salut... Il faut donc bien que ce soit une femme...

Il s'arrêta. Il regardait Renaud avec attention.

— Et j'ajouterai : il faut que ce soit une femme mariée...

Renaud releva les yeux sur l'avocat, dans un mouvement involontaire.

— Oui, il est impossible qu'une jeune fille soit en jeu...

— Pourquoi ?

— C'est bien simple... une jeune fille est libre, indépendante... Elle ne peut redouter que la colère et la douleur de ses parents, lorsqu'ils apprendront sa honte... Mais colère et douleur sont peu de choses en certains cas... et dans le cas où nous sommes... En outre, il y a un remède au mal... Une jeune fille aurait, en somme, le beau rôle, si elle venait dire aux magistrats : « Cet homme est mon amant, et il ne peut être coupable puisque, au moment du crime, il était dans mes bras... » Et le remède au mal, c'est-à-dire au déshonneur possible qui l'atteindrait après une pareille déclaration, serait tout simplement le mariage... le mariage que rêve toute jeune fille qui se donne... le mariage que son amant ne pourrait lui refuser, ne fût-ce que par reconnaissance et parce qu'il lui devrait son salut... le mariage auquel les parents eux-mêmes, quelle que soit leur situation sociale, ne s'opposeront plus, dans l'intérêt même de leur enfant... Il est donc bien évident, pour moi, que le nom que vous me cachez n'est pas celui d'une jeune fille... mais celui d'une femme mariée... et, ici, la situation est toute différente...

Renaud avait écouté, dans un grand trouble, les explications que tentait de donner l'avocat.

Ce que disait Mᵉ Jodry était vrai.

Rien n'aurait pu empêcher une jeune fille de sauver son amant.

Dès lors, pourquoi Henriette se taisait-elle, ne faisait-elle aucun effort ? Pourquoi ne donnait-elle pas signe de vie ?

Il essaya de sourire en demandant à l'avocat :

— Supposons l'impossible, maître... et qu'il ne s'agisse pas d'une femme mariée...

— D'une jeune fille, alors ?

— Oui... Hypothèse, n'est-ce pas ? pure hypothèse ?...

L'avocat répondit nettement :

— Eh bien ! de deux choses l'une : ou bien cette jeune fille ignore toujours l'accusation qui pèse sur vous... et en ce cas, il faut qu'elle l'apprenne à tout prix, quand la nouvelle devrait aller la chercher au bout du monde... ou bien elle connaît cette accusation, et elle hésite à vous apporter le salut, alors qu'une seule parole d'elle vous sauverait...

La voix de l'avocat se fit encore plus brève, presque dure :

— Et, en ce cas, cette jeune fille est la dernière des misérables...

Renaud tressaillit.

Oui, c'était bien cela, le terrible mot qui, toutes les nuits, pendant ses insomnies, montait à son cerveau. Il le repoussait. Il ne voulait pas croire à pareille infamie. Certes, il était bien naturel qu'Henriette hésitât !... Elle espérait que tous les soupçons tomberaient d'eux-mêmes... Alors, à quoi bon intervenir ?... Mais lorsqu'elle apprendrait que Renaud allait passer en cour d'assises, qu'une condamnation était possible, elle accourrait et regagnerait toute la confiance qu'il avait mise en elle autrefois.

Et voilà pourquoi, dans son espoir persistant, il avait dit tout à l'heure à Mᵉ Jodry-Thuret :

« Je ne suis pas inquiet. Quelqu'un viendra, au dernier moment, proclamer mon innocence, et nul doute ne subsistera... »

Mᵉ Jodry-Thuret était un vigoureux vieillard de soixante ans, à la taille droite. Son visage accusait la bonté et l'énergie.

Il dit, avec une sorte de douleur :

— Est-ce donc une jeune fille dont il s'agit ?

Renaud secoua la tête.

— Non... mais, patience, patience, maître, je serai sauvé, vous verrez.

L'avocat ne répondit pas. Des doutes s'élevaient en lui, non sur l'innocence de Renaud — dont il était convaincu — mais sur le moyen de salut que le jeune homme attendait.

Il revint souvent le voir. Et il demandait avec tristesse chaque fois :

— Eh bien ! mon enfant, est-il venu, enfin, le sauveur ?

Le sauveur ne venait pas, hélas !

Et voilà pourquoi Renaud avait la fièvre — fièvre d'espoir — lorsqu'on l'amenait devant le juge.

Il se disait, dans l'intervalle entre sa prison et le cabinet du magistrat :

— Elle a fini par avoir pitié de ma détresse et elle m'a sauvé.

Et pourquoi aussi il s'en retournait

avec un désespoir nouveau plus intense.

C'est que la jeune fille restait mystérieuse et fatale, énigme vivante, dans sa solitude des Bois-Murés, semblant oublier celui qu'elle avait aimé, mais l'oublier au point qu'on eût dit que cet homme pour elle n'existait plus.

— Quelqu'un apparaîtra, au dernier moment, pour proclamer mon innocence !

Comprend-on, dans le silence de sa cellule, l'anxiété de ce pauvre garçon qui attend, qui espère que cette jeune fille fera son devoir ? Il compte les jours et il compte les heures.. Toutes les fois qu'on ouvre sa porte, il a un sursaut, car il se dit :

— Enfin c'est fini... Elle s'est souvenue de moi !...

Mais ce sont les visages indifférents des gardiens de la prison. Et ils n'ont aucune nouvelle à lui apprendre. Aujourd'hui se passe comme la veille, et les lendemains se passeront ainsi dans des alternatives d'espérance et de déceptions qui le brisent.

Aux Bois-Murés, c'est l'angoisse aussi — chez Henriette — mais l'angoisse lâche, la peur honteuse.

Elle a suivi, jour par jour, et détail par détail, les progrès ou les évolutions de l'enquête. Elle a frémi souvent, lorsqu'elle a compris que certains des indices relevés se rapprochaient si près d'elle-même qu'ils la frôlaient presque et qu'un hasard pouvait jeter son nom en pâture au scandale.

De là son angoisse.

Et lâche aussi, car elle sait bien que la loyauté de Renaud l'empêchera de le révéler, ce nom qui le sauverait. Où il était pendant cette nuit, il ne le dira jamais, quand bien même le bagne ou l'échafaud le menaceraient. Elle compte sur cette résignation pour ne rien dire, sur ce silence pour rester ignorée. Elle est, du reste, il faut le reconnaître, dans une situation vraiment tragique. Irat-elle dire au juge qu'elle s'est jetée devant Renaud allant secourir Villedieu — Villedieu son père ? — Non ! — Alors, elle attend le dénouement qui ne peut tarder... la cour d'assises... l'acquittement ou la condamnation... Elle s'enferme chez elle, n'ose plus sortir. Elle voudrait se faire oublier. Elle finit par ne plus rien vouloir connaître des détails donnés par les journaux. Mais quelqu'un veille, auprès d'elle, qui la renseigne quand même...

Marie Jérémit !

Marie Jérémit, c'est le journal vivant, le journal de chaque jour, de chaque heure.

On dirait qu'elle prend à cœur de troubler le sommeil de sa maîtresse et de lui annoncer toutes les nouvelles qui intéressent Renaud.

Et, comme le seul point curieux de l'enquête, dont parle tout le monde, est l'impossibilité de savoir de quelle manière le jeune officier a passé la nuit du dimanche au lundi — nuit du meurtre — c'est sur ce point que Marie Jérémit revient sans cesse, comme à plaisir :

— Tout de même, mademoiselle, il faut croire qu'il est coupable, ce garçon, parce que, s'il n'était pas coupable, il n'hésiterait pas à dire comment il a vécu, pendant cette nuit-là... Moi, voyez-vous, mademoiselle, je me mets à sa place. C'est moi qui mangerais le morceau !... Qu'est-ce qui l'empêche de parler, je vous le demande ?... Tout cela, c'est des frimes... Il n'a rien à dire, voilà la vérité, et c'est lui qui a fait le coup... Et j'espère bien, n'est-ce pas, mademoiselle, qu'on va nous le condamner... pour venger la mort de votre pauvre père, qui était si bon, et si gai, et si plein d'entrain ; et si on le guillotine, moi, je tâcherai de retenir ma place...

Toutes les fois qu'elle revenait sur ce sujet, elle était obligée de s'arrêter à mi-chemin, devant l'émotion d'Henriette.

La jeune fille, demi-morte de peur, murmurait :

— Tais-toi...

Alors, doucement, en dessous, l'autre chevait :

— Que Mademoiselle me pardonne ! e ne savais pas que je lui faisais de la peine... J'oublie toujours que ce garçon a osé porter les yeux sur Mademoiselle... Mais Mademoiselle doit être bien heureuse, aujourd'hui, d'avoir méprisé l'amour d'un pareil homme...

Pendant quelque temps, Marie Jérémit ne souffla plus mot. Henriette, vivant dans la solitude, ne savait rien de ce qui se passait. L'anxiété, chez elle, était quand même si grande, qu'elle se résigna, une fois, à demander à la femme de chambre :

— M. Renaud Raigice est-il toujours prisonnier ?

Marie Jérémit éclata de rire.

— Plus que jamais, bien sûr... et même il va passer aux prochaines assises.

— Ah !

— On dirait que cela fait de l'effet à Mademoiselle ?...

— Ainsi, il n'a rien trouvé pour se défendre ?...

— Rien du tout... Pas de doute, allez, c'est bien lui... Est-ce que Mademoiselle serait d'une autre opinion ?

Elle eut la nouvelle lâcheté de répondre :

— Je ne sais pas... Il a avoué, peut-être ?

— Oh ! non... au contraire, paraît qu'il se défend comme un diable...

— Et que dit-il pour sa défense ?

— On rapporte qu'il proteste de sa loyauté, et ci, et ça, et qu'il est innocent, et qu'il ne craint pas la cour d'assises... et il affirme qu'au dernier moment quelqu'un viendra dénoncer aux juges une preuve tellement claire de son innocence que ce sera pour tout le monde une révélation foudroyante... Des bêtises, quoi... des bêtises de gens qui ne se sentent pas bien dans leur peau. Ce garçon-là s'est imaginé de bâtir une histoire comme on n'en voit que dans les romans afin d'offusquer les jurés naïfs, mais ça ne prendra pas. Il en sera pour ses frais.

Henriette passait des nuits sans sommeil.

Ou bien, lorsque, n'en pouvant plus, à bout de forces et accablée de fatigue, le sommeil, victorieux, s'emparait d'elle, alors ses nuits se peuplaient de cauchemars atroces.

Cauchemars qui n'étaient que la reproduction de la réalité.

Elle voyait Renaud Raigice dans sa prison...

Elle l'écoutait lorsqu'il parlait tout haut.

Et, lorsqu'il se taisait et rêvait, elle entendait ses pensées !

C'était d'elle, c'était d'Henriette, qu'il parlait...

C'était à elle, à Henriette, qu'il rêvait.

Il l'attendait. Il avait foi en elle, quand même, toujours. Il disait que l'abandon complet n'aurait pas lieu, consacrant cette lâcheté abominable, et qu'elle apparaîtrait tout à coup, dans un rayonnement, apportant avec elle la vérité. Il lui pardonnerait d'avoir hésité... il oublierait ces affres et cette agonie morale...

Il croirait que, dans ce cœur de jeune fille, une lutte douloureuse avais mis aux prises, d'une part l'égoïsme et l'épouvante, d'autre part, l'amour... et que, finalement, l'amour l'avait emporté... Et il offrait son nom... Elle l'acceptait... Ils étaient heureux...

Oui, tels devaient être ses rêves...

Et voilà bien pourquoi il avait cette certitude dont parlait Marie Jérémit, pourquoi il était convaincu qu'on le sauverait...

Ainsi, elle tenait dans ses mains la vie de cet homme...

Car, condamné ou acquitté, la vie de Renaud était brisée : le soupçon, l'accusation infamante malgré tout pèseraient sur lui, pour jamais !... on pourrait le renvoyer absous, on le renverrait déshonoré...

Et elle ne ferait rien pour le sauver...

Nous ne pouvons montrer cette jeune fille que telle qu'elle est. Ce serait atténuer ce caractère, que de dire qu'elle eut, ne fût-ce que pendant quelques heures, une hésitation, et qu'elle envisagea le moment où peut-être elle montrerait la sublime abnégation d'aller trouver le juge.

Elle n'eut jamais cette hésitation !...

L'idée de cette abnégation ne lui vint pas !

Dès la première minute, elle ne souhaita qu'une chose : ne point être entraînée par le torrent de cette catastrophe.

Nous avons montré dans quel drame elle se mouvait, et l'on en comprendra encore mieux l'intensité, la difficulté inextricable pour elle, lorsque nous aurons ajouté ceci :

Renaud ne s'était pas trompé dans l'allusion qu'il avait faite à Henriette d'un mariage possible, que détruirait le scandale de son rendez-vous au pavillon des Bois-Murés.

Henriette était aimée depuis longtemps...

Henriette s'était promise...

L'homme qui l'aimait était un vieillard, mais ce vieillard occupait une haute situation dans le barreau parisien, ce vieillard était très riche, ce vieillard amoureux accomplirait toutes les fantaisies de sa femme jeune et splendidement belle.

Et celui-là, rival de Renaud, était l'avocat que Renaud avait choisi comme défenseur.

C'était Me Jodry-Thuret...

Le choix fait par Renaud de Me Jodry-Thuret pour son défenseur, Henriette l'ignora pendant les premiers jours.

L'avocat était resté quelque temps après la mort de Villedieu sans venir au château des Bois-Murés.

Lorsque Renaud le demanda, il accourut à Melun, il examina l'affaire, ce qui lui prit encore plusieurs jours.

Il n'eut pas le temps d'informer Henriette de sa décision.

Et lorsqu'il se présenta au château, Henriette était renseignée.

Qui l'avait renseignée ?

Marie Jérémit, naturellement, qui semblait la gazette vivante du pays. Et la jeune et énigmatique paysanne n'avait pas été sans remarquer l'incompréhensible émotion que cette nouvelle avait produite chez sa maîtresse.

Marie avait l'air de jouer avec Henriette comme le chat joue avec la souris. Elle semblait manier cette âme à plaisir, y semer à son gré le trouble et l'épouvante. Et, en tout, elle restait innocente et indifférente, faisant le mal, apportant ainsi des douleurs terribles avec la plus parfaite insouciance.

— Oui, mademoiselle, c'est comme je vous le dis, Me Jodry-Thuret a accepté de défendre M. Raigice en cour d'assises... Je crois, d'après ce qu'on dit, que l'on ne pouvait faire un meilleur choix. Me Jodry-Thuret passe pour être le premier des avocats parisiens... et voilà Mademoiselle bien certaine d'être informée, s'il y a quelque chose d'intéressant à apprendre, et bien sûre aussi d'avoir une bonne place à la cour d'assises, puisque Me Jodry-Thuret va être son mari.

Marie Jérémit poussa un léger soupir.

— Mademoiselle assistera aux débats pour entendre parler Me Jodry, et pour être fière de son éloquence... Mademoiselle va être bien heureuse... Moi, je n'ai jamais vu de cour d'assises, et je voudrais tant entendre condamner quelqu'un... surtout au bagne ou à mort... ça doit donner du frisson... et si Mademoiselle était bien bonne, elle tâcherait de me trouver ce jour-là une petite place à côté d'elle !...

Henriette ne répondit pas, n'entendit pas. Tous ces événements qui se précipitaient ainsi autour d'elle la rendaient folle. Réussirait-elle à sortir sans blessure du cercle de fer qui se resserrait, chaque jour, inexorablement ?

Marie Jérémit ajoutait, sournoise :

— Après tout, Mademoiselle n'assistera peut-être pas aux débats... Ça vaudra mieux pour sa tranquillité... parce que, sûrement, on ne manquerait pas de la dévisager, à cause de ces deux hommes, l'avocat et l'accusé, qui tous les deux ont été amoureux de Mademoiselle...

Henriette, cette fois, entendit. Elle eut un geste de rage.

— Mais taisez-vous, Marie, taisez-vous donc !

Lorsque, pour la première fois depuis l'enterrement de Villedieu, Me Jodry-Thuret apparut aux Bois-Murés, il y resta l'après-midi. Il fallut tout son courage à Henriette pour ne lui laisser rien voir de l'émoi profond qui l'agitait. L'avocat, très amoureux, ne songeait qu'à son amour. Il laissait à Paris ses soucis, ses travaux, pour venir auprès de sa fiancée, dans les rayons de ses beaux yeux noirs, se reposer et retrouver de la vie, de la force, de la jeunesse. Lorsqu'il était auprès d'elle, rien en dehors d'elle n'existait plus. Me Jodry-Thuret avait été marié pendant dix ans et était resté veuf sans famille. Le travail, un labeur acharné, avait rempli son existence. Et il avait consacré le peu de loisirs qu'il prenait pour son repos à des œuvres de charité. Mieux que personne, il connaissait les misères parisiennes. Il avait, depuis quarante ans, côtoyé tant de vices triomphants ou cachés, tant de vertus ignorées aussi, tant de dévouements méconnus ! Sa très grande fortune venait au secours de sa très grande charité. Et sur le tard, alors qu'il ne songeait plus à l'amour, brusquement, en un coup de foudre, l'amour s'était éveillé dans son cœur. Il avait combattu contre lui-même, essayant de résister à cet entraînement. Il avait essayé d'oublier, en se plongeant dans des travaux plus opiniâtres, en voyageant. Ce fut inutile. La brune figure et les grands yeux brillants d'Henriette le suivaient, ou le retrouvaient partout.

Alors, il s'en était ouvert à Villedieu.

Et il avait éprouvé une joie insensée, une joie d'enfant, lorsqu'il avait reçu l'espérance que, peut-être, Henriette ne le repousserait pas.

Il avait fait sa cour, et le mariage avait été résolu, quelques jours seulement avant la nuit où Villedieu fut tué.

Tant que le mariage ne fut pas certain et annoncé, la nouvelle rendue publique, les relations mystérieuses continuèrent entre Renaud et Henriette.

Le jour où le mariage fut arrêté, Henriette n'hésita pas à rompre avec son amant. Et, comme ils avaient échangé de nombreuses lettres, elle lui avait, pour la tranquillité de son avenir, redemandé les siennes.

Et ces lettres, on le sait, avaient disparu.

C'était par une après-midi de septembre que Me Jodry-Thuret était venu aux Bois-Murés. Après être resté quelques minutes avec Mme Villedieu, l'avocat avait rejoint au salon sa fiancée, toute pâle en ses vêtements de deuil, mais qui semblait plus belle encore dans ce cadre noir. Le vieillard était si empressé, si confiant, si heureux, que la jeune fille jugea qu'il ne savait rien encore et reprit courage. S'il ne savait rien, c'est donc qu'entre Renaud et lui, dans la prison, l'explication définitive n'avait pas eu lieu ? C'est donc que Renaud ne lui avait pas révélé, à l'avocat, le nom de la femme dont l'intervention pouvait le sauver ? S'il ne l'avait pas révélé, ce nom, était-ce parce qu'il conservait dans l'amour d'Henriette une dernière espérance ?

Et alors, cette espérance ne ferait-elle point place à la haine et au désir de la vengeance, si par hasard, ou par l'avocat lui-même, Renaud était mis au courant du mariage projeté ?

Comment faire pour empêcher cette révélation — laquelle amènerait infailliblement l'effondrement de son mariage ?

Dans la détresse où elle vivait, Henriette y songeait, car c'était là le danger suprême, le danger qu'il fallait écarter à tout prix...

Mais — alors que l'avocat était là depuis une heure déjà — Henriette ne savait comment amener l'entretien sur Renaud. Le nom de son amant lui brûlerait les lèvres, à le prononcer ainsi devant l'homme qui allait être son mari !

Ce nom, ce fut Mᵉ Jodry-Thuret lui-même qui le prononça.

— J'ai cru devoir accepter la défense de M. Renaud Raigice...

— Je le sais ! dit-elle, se raidissant contre son émotion... Je voulais vous en parler et je ne l'osais pas.

— Pourquoi ?

— Parce que cette nouvelle m'avait surprise et peinée...

— Cette peine, Henriette, d'où viendrait-elle ? Je vous en prie, ne me cachez rien... En apparence, en effet, cette situation peut paraître délicate. Au fond, vous vous en convaincrez vite, elle est très simple... Quoi qu'il en soit, j'ai à cœur de vous entendre dire qu'en acceptant la défense de l'homme qu'on accuse d'avoir assassiné votre père, j'ai bien fait...

— Non... je pense que vous avez mal fait...

— Comment ?

— Avez-vous la preuve que cet homme est innocent ?

— Oui...

Elle tressaillit.

— Et cette preuve, pouvez-vous me la faire connaître ?

— Non, certes, Henriette, dit-il en soupirant. Le secret de mon client ne m'appartient pas, et, malgré mon amour pour vous, je résisterai à votre curiosité.

— S'il existe une preuve si certaine, comment se fait-il que M. Raigice soit toujours sous les verrous, et comment le fait-on passer en cour d'assises ?...

— Vous répondre serait vous faire comprendre quelle est la nature de cette preuve.

— Faudrait-il, pour qu'elle éclatât, le grand jour de la cour d'assises ?

— Peut-être... Cette preuve dépend de la volonté de Raigice. Il parlera ou ne parlera pas. En ce moment, il espère. « Quelqu'un viendra, ne cesse-t-il de répéter, et prouvera que je suis innocent. » Il attend avec une inébranlable confiance que ce « quelqu'un » vienne...

Ces paroles étaient claires pour Henriette.

Renaud comptait sur elle...

Renaud n'avait encore rien dit...

Mais parlerait-il, à la dernière minute ?... Parlerait-il, surtout, lorsqu'il se saurait trahi, méconnu, joué par un égoïsme féroce ?...

Elle reprit :

— J'ai dit que j'avais été surprise et peinée en apprenant que vous alliez prêter à l'accusé l'appui de votre grand talent, de l'autorité de votre nom... Laissez-moi vous dire, mon ami, qu'il eût été préférable de laisser cette affaire à un autre avocat... Le monde est méchant... Ne trouvera-t-on pas étrange de voir la défense de Renaud Raigice confiée à Mᵉ Jodry-Thuret, alors que Mᵉ Jodry-Thuret est le fiancé d'Henriette Villedieu et que Renaud Raigice est accusé d'avoir tué le père d'Henriette ?...

— Le monde n'est pas si méchant que vous croyez. Personne, jusqu'à présent — en dehors de vous, ma chère Henriette — n'a trouvé étrange ma volonté... Or ce sont justement les considérations dont vous venez de parler qui ont amené ma décision au lieu de l'empêcher...

Il prit les mains de la jeune fille.

Il les porta à ses lèvres et y appliqua un long baiser passionné.

— En premier lieu, je suis convaincu de l'innocence de Raigice, et mon devoir était tout tracé : il fallait essayer de le sauver. En second lieu, puisque la justice menace de s'égarer, la mort de votre père reste sans vengeance et vous ne pouvez désirer que le coupable ne soit pas châtié, vous, fille de la victime... Puis Renaud Raigice vous a aimée... Et moi je vous aime... Vous avez dédaigné son amour, et vous avez bien voulu accepter le mien, malgré la différence de nos âges... Il est malheureux ; je suis, moi, au comble du bonheur... Dites-moi, Henriette, que vous approuvez ma décision, et que j'ai bien fait de prendre en pitié cet homme ?...

Elle appuya la main contre ces lèvres amoureuses.

Et elle dit, faiblement :

— Oui, vous avez bien fait !...

Sans enlever à Henriette toute crainte pour l'avenir, cet entretien la rassurait, du moins quant au danger immédiat qui n'était pas à craindre. Or, le danger ne pouvait venir que d'un accès de désespoir, lorsque Renaud apprendrait le mariage d'Henriette.

Le vieillard et la jeune fille passèrent l'après-midi ensemble. Elle sut se faire si tendre et si aimante que lorsque Me Jodry-Thuret la quitta, il était plus que jamais amoureux.

Ce n'était pas sans une arrière-pensée qu'elle s'était montrée ainsi. Maintenant qu'elle venait d'affoler cet homme en le brûlant de ses regards chargés de promesses, elle pouvait faire de lui ce qu'elle voulait. Il ne soupçonnerait rien. Et il lui obéirait.

Au moment où il allait prendre congé d'elle, pour rentrer à Paris, où l'appelaient quelques affaires — car durant la belle saison il habitait près de Dammarie — il vit qu'elle le regardait en hésitant, avec un sourire peureux, comme si elle avait eu le désir de lui demander quelque chose et que sa timidité s'y fût opposée.

— Quoi donc ? dit-il.

Elle hésita encore et baissa les yeux.

— Voyons, mon enfant, qu'y a-t-il ?

Elle parut s'enhardir. Oh ! c'était une fille très forte, admirable comédienne, sûre d'elle-même et d'une dissimulation profonde.

— Oui, j'ai une prière à vous adresser...

— Parlez, Henriette... Quel que soit ce que vous allez me demander, je vous l'accorde d'avance...

— Oh ! vous vous engagez peut-être beaucoup !

— Tant pis, fit-il en riant.

— J'ai été frappée par ce que vous m'avez dit tout à l'heure, lorsque vous m'avez expliqué les raisons qui vous ont fait considérer comme de votre devoir de prendre la défense de M. Raigice...

— En cela, je suis heureux d'avoir reçu votre approbation ; mais dois-je vous affirmer que je m'y attendais ?

— Eh bien, mon ami, puisque vous avez montré ainsi que votre âme est grande, soyez noble et généreux jusqu'au bout.

— Que dois-je faire, ma chère Henriette ?

Les yeux d'Henriette brillèrent d'une lueur de pitié infinie.

— Mon ami, n'oubliez pas que cet homme m'a aimée...

— Ne le sais-je pas ?

— Il m'aime peut-être encore...

— Cela est fort possible, car moi, si vous m'aviez repoussé, je vous eusse malgré cela aimée tout le reste de ma vie...

— Il est très malheureux... doublement malheureux...

— Oui, dans son amour et dans son honneur.

— Alors il faut craindre de le rendre plus malheureux encore... Nul autre que vous ne peut être certain de l'arracher au bagne... aucun défenseur ne le défendra avec autant d'éloquence et de conviction... Ce serait donc sa perte si vous abandonniez cette défense...

— Jamais...

— Ce qui arriverait malgré vous si M. Renaud Raigice apprenait que vous serez bientôt mon mari... Voudrait-il pour son défenseur un rival heureux ?... Outre la peine que pareille révélation lui apporterait, — car qui sait s'il n'a pas gardé, en ce qui me concerne, un reste d'espoir ? — l'abandon de sa cause, au dernier moment, par l'homme le mieux en état de la défendre et de la faire triompher, serait pour lui un désastre... Qu'en dites-vous, mon ami ?

— Je dis, Henriette, que vous êtes la meilleure des femmes, et que ce n'est que dans un cœur de femme que cette idée pouvait naître...

— Ainsi, ma prière ?...

— Votre prière est un ordre...

— Et je puis être sûre ?

— Vous pouvez être sûre que Raigice ne saura rien avant la cour d'assises. Je le sauverai d'abord... Ensuite, s'il a contre moi toute la rancune d'un amoureux éconduit, qu'à cela ne tienne, j'aurai fait mon devoir, et même, peut-être, un peu plus que mon devoir...

Une flamme monta aux joues pâles d'Henriette.

Elle triomphait.

Elle craignit un instant de ne pas être maîtresse d'elle-même et de ne pouvoir dissimuler la joie profonde qui l'envahissait.

Il murmura, passionnément :

— Vous êtes heureuse... Je tâcherai que votre vie se passe à être toujours ainsi... Je vous aime et vous me troublez étrangement...

Il la quitta. Elle se sentit soulagée, presque gaie. L'air lui semblait plus léger. Elle s'éveillait d'un long cauchemar.

Dans sa cellule, Renaud attendait toujours avec une invincible espérance.

Ce fut Me Jodry-Thuret lui-même qui essaya de décourager le prisonnier.

— Elle n'eût pas tardé si longtemps, si elle avait voulu venir. Elle ne viendra pas. Confiez-moi votre secret, comme on confie un secret au confesseur. Nul homme au monde ne le connaîtra, ai-je besoin de vous l'affirmer ?...

— A quoi bon, puisque ce nom, il vous serait défendu de le révéler au tribunal ?

« Il ne vous servirait de rien de l'apprendre...

— Pardonnez-moi ! Cela me serait une grande force, au contraire. Lorsque l'heure sonnera de prendre votre défense, croyez-vous donc que je ne serai pas plus convaincant et que je ne ferai pas plus aisément passer ma conviction dans l'esprit des jurés si je me sens moi-même appuyé sur des preuves certaines, qui seront les bases solides de mon argumentation ? Certes, je n'ai aucun soupçon sur votre bonne foi. Ce que vous m'avez dit doit être l'exacte vérité, mais, si je savais, avec quelle vigueur ne pourrais-je pas dire à ceux qui m'écouteront : « Je sais ! » Tandis que, si vous me laissez dans l'indécision, j'ai peur que mon plaidoyer ne soit lui-même indécis et flottant... Les coups que je frapperai ne seront pas aussi vigoureux qu'il le faudrait... Je compte sur votre acquittement, mais ce que je voudrais, ce n'est pas un de ces verdicts boiteux, qui laissent flotter le soupçon sur un accusé, le suivent dans toute son existence comme une condamnation et l'entachent de honte et de suspicion pour toujours. Ce que je voudrais c'est un acquittement éclatant, unanime, ce sont des débats desquels votre innocence ressortirait clairement, après lesquels vous marcheriez la tête haute, et qui vous permettraient d'aller reprendre votre rang dans l'armée, au milieu de la sympathie de vos camarades et de vos chefs, encore accrue par vos malheurs immérités. Telle serait mon ambition, mon enfant... Je n'ai en vue que votre intérêt, je ne pense pas le moins du monde à ma réputation... Elle est trop bien assise, aujourd'hui, et je suis trop vieux pour qu'un insuccès partiel ou complet puisse m'atteindre .. Vous avez encore quelques jours avant la cour d'assises. Vous avez donc le temps de réfléchir. Réfléchirez-vous ? Promettez-le-moi...

Renaud secoua la tête.

Il souriait tristement.

— J'ai bien réfléchi, mon ami... je vous le jure.

— Alors ?

— Je ne puis ni ne veux rien vous dire de plus...

Il se hâta d'ajouter :

— Du reste, j'ai confiance... Elle viendra... vous verrez... elle viendra...

Il pencha la tête, et il ajouta, comme malgré lui, après un court silence :

— Oui, elle viendra, rien ne peut l'empêcher de venir... Et si elle ne venait pas, ce serait bien infâme !

Me Jodry-Thuret tressaillit. Il se rapprocha soudain de l'accusé, lui prit la main.

— Mon enfant, sans le vouloir, vous venez de me laisser deviner une partie de votre secret...

— Moi ?

— Vous... Avez-vous oublié ce que je vous ai dit dans les premiers temps ? Je vous ai dit : « Si la femme dont vous refusez de me dire le nom est une jeune fille, rien ne peut l'empêcher de vous sauver... » Or, vous venez de laisser échapper un aveu que je retiens... Vous avez dit que « rien ne peut l'empêcher de venir ». La femme de qui dépend votre salut est donc...

— Mon ami... n'insistez pas...

— Je n'insiste pas. Je raisonne ce que je viens d'apprendre. Vous avez ajouté que « si elle ne venait pas, ce serait infâme ». Vous pensez donc bien comme moi, mon pauvre enfant, puisque moi-même je vous ai déclaré que si la femme qui peut vous sauver est une jeune fille, celle-ci est la dernière des misérables...

Il serra les mains de Renaud.

— Un peu de courage, achevez la confession !

Renaud secoua la tête :

— Non, mon ami, vous ne saurez rien de plus.

Et il ajouta en soupirant :

— Advienne que pourra !

L'avocat et l'accusé ne se revirent plus qu'en cour d'assises.

Cette journée de la cour d'assises, Henriette, au fond de sa chambre, rideaux fermés, dans l'obscurité, pareille à une bête qui se sait traquée et qui essaye de se dérober à ceux qui la poursuivent, cette journée, Henriette la passa au milieu de toutes les épouvantes.

Qu'allait-il advenir ?

Quelles révélations le hasard allait-il peut-être apporter là ?... Et de ces révélations, la jeune fille n'avait-elle pas tout à redouter ?... la ruine de son mariage... le déshonneur... le scandale, l'accusation de lâcheté odieuse qui la suivrait désormais partout où elle se présenterait, partout où son nom serait prononcé...

Elle n'avait pas eu l'intention d'assister à ces débats, mais elle avait rendu Marie Jérémit bien heureuse en l'envoyant à Melun avec un mot, sur sa carte, de Mᵉ Jodry-Thuret, ce qui permit à la femme de chambre d'entrer et d'être bien placée pour tout voir et pour tout entendre.

Henriette comptait sur le récit de Marie pour être renseignée.

La journée lui parut mortellement longue. Quand la soirée arriva, et qu'elle ne vit point reparaître Marie Jérémit, la jeune fille se crut perdue.

Evidemment, une catastrophe était survenue... des incidents avaient été soulevés... son nom était maintenant jeté en pâture au public, aux journaux... On savait quel rôle elle avait joué... Plus de doute, plus d'indécision... Après la surprise, l'horreur !... Et Marie Jérémit n'osait rentrer aux Bois-Murés pour annoncer ce désastre à sa maîtresse...

A plusieurs reprises, Mme Villedieu était montée chez elle... Henriette avait prétexté une extrême fatigue... avait à peine répondu aux questions inquiètes de sa belle-mère.

Enfin, vers dix heures du soir, dans les jardins éclairés par la lune, elle aperçut Marie Jérémit.

La femme de chambre, ne sachant pas ou ne voulant pas savoir avec quelle fièvre on l'attendait, se pressait de rentrer sans lever les yeux.

Henriette ouvrit la fenêtre, se pencha et cria, la voix altérée :

— Marie ! Marie ! Montez, je vous prie !

La femme de chambre obéit.

Sur le seuil elle hésita à pénétrer dans la chambre de sa maîtresse, à cause de l'obscurité. Henriette se hâtait, en disant :

— Eh bien ! pourquoi êtes-vous si en retard ?

— Pas ma faute, mademoiselle, je n'ai pu prendre que le dernier train, et encore j'ai bien failli le rater et coucher à Melun.

— Alors, c'est fini ?

— Oui, c'est fini. On n'a pas eu besoin d'une deuxième audience.

— Et... il est... acquitté... n'est-ce pas ?

— Oui...

Elle avait fait attendre sa réponse pendant quelques secondes, comme si elle jouissait intérieurement de la détresse d'Henriette. Cette scène, dans ces ténèbres, était singulière. Ces deux jeunes filles ne pouvaient se voir. Marie Jérémit ne devinait l'émotion d'Henriette qu'en écoutant sa voix, qui tremblait, qui s'assourdissait, qui parfois s'interrompait.

Marie continuait :

— Acquitté... il l'est... mais voyez-vous, mademoiselle, c'est tout de même un homme perdu, parce qu'on disait, en sortant de là, qu'il l'avait été faute de preuves suffisantes, mais que le coupable, sûrement, ce ne peut être que lui, et que son acquittement équivaut à une condamnation. Et il n'était pas fier ! allez... Il avait fini par pleurer toutes les larmes de son corps... Pourtant, au début, il se montrait très calme et très indifférent, et quand le président s'est mis à l'interroger, il a répété la fameuse phrase que vous savez et qu'il a dite tout le temps au juge d'instruction, à ce qu'il paraît...

— Une phrase ?

— Oui, que quelqu'un viendrait au dernier moment... et le sauverait... en prouvant, comme deux et deux font quatre, qu'il était innocent.

— Et... personne... n'est venu ?

— Eh bien ! est-ce que vous croyez à cette histoire-là, mademoiselle ? C'était de la frime pour endormir les juges...

— Et, ensuite, durant les débats, il n'en a plus reparlé ?

— De quoi, mademoiselle ?

— De... de l'homme qui pouvait lui apporter le salut ?

— D'abord, paraîtrait que ce n'est pas un homme... mais une femme... Non, il n'a plus rien dit... il n'a plus osé, probable... parce qu'il voyait bien qu'on ne le croyait pas... Seulement, faut être juste et faut vous dire tout de même une chose qui m'a frappée, moi, car je le regardais tout le temps...

— Une chose vous a frappée ?

— Oui... L'assassin...

Film Pathé. Production Ermolieff.

Maurice se rapprochait de Liliane, parce qu'elle semblait avoir la clef du mystère qui intéressait sa vie, sans se douter que son cœur allait s'ouvrir pour elle à une passion foll

Henriette eut un mouvement violent en entendant ce mot. Marie s'excusa :

— Je dis l'assassin, parce que ça ne peut être que lui... Qui que ce serait, si ce n'était pas lui ?... Mais si ça fait de la peine à Mademoiselle ?

— Pourquoi en aurais-je de la peine ? J'ai peu connu M. Raigice... Je l'ai rencontré deux ou trois fois... et depuis longtemps je n'avais plus entendu parler de lui... Ce jeune homme... ne m'intéresse pas.

Dans l'ombre, Marie Jérémit venait de sourire. Elle reprit :

— Donc, je ne le perdais pas de vue. Et pendant des heures, j'ai remarqué qu'il gardait la tête tournée vers la porte d'entrée des témoins, puis vers la porte d'entrée du public... Etait-ce une comédie qu'il jouait ? On aurait dit vraiment qu'il s'attendait à chaque moment à voir entrer là quelqu'un, ce fameux inconnu dont il n'avait cessé de parler... Et il poussait des soupirs gros comme le bras, toutes les fois que la porte s'ouvrait... et qu'il ne voyait pas la personne qu'il demandait... Oui, vraiment, il y a eu des minutes où je ne savais plus bien s'il n'avait pas dit la vérité, le pauvre garçon, et s'il n'y avait pas une femme quelque part qui eût été capable de le sauver, avec un peu de courage... Et il fallait voir avec quelle tristesse désespérée, après la lecture du verdict des jurés, lorsqu'il écouta le président qui l'acquittait, il s'écria : « Cet acquittement me déshonore !... »

— Que lui fallait-il de plus ? murmura Henriette, dans l'ombre.

Marie Jérémit ne répondit pas tout de suite. Peut-être que l'énigmatique paysanne avait été frappée par la cruauté de ces paroles.

Et elle répliqua :

— Si Mademoiselle le haïssait, elle ne s'exprimerait pas autrement !

Elle fit mine de se retirer.

Henriette la retint.

— Restez ! Racontez-moi ce qui s'est passé !

— Mademoiselle tient à tout savoir ?

— N'est-ce pas mon droit ? Ne s'agit-il pas de mon père ?... De mon père dont la mort va rester sans vengeance.

Insoucieuse, Marie Jérémit disait :

— C'est pas la vengeance qui lui rendrait la vie, à ce pauvre homme... Mais je comprends que Mademoiselle veuille savoir aussi comment Me Jodry-Thuret a présenté la défense de l'accusé...

— Oui...

— C'est tout naturel. Oh ! Me Jodry a été très beau. De l'avis de tous, il a été superbe. Il parle, il parle, mademoiselle, qu'on dirait qu'il sait tout ce qu'il dit par cœur... et que c'est comme une belle fontaine d'eau bien claire et abondante. On était venu de loin pour l'entendre, et des gens qui le connaissent ont dit qu'il n'avait de sa vie mieux parlé... Je suis bien heureuse de rapporter ces choses à Mademoiselle, puisque Me Jodry-Thuret va être le mari de Mademoiselle...

— Ensuite ?... Est-ce là tout ?

— Et, justement, Me Jodry, au courant de son discours, a fait une allusion à son mariage avec vous...

— Vous dites, Marie ?... fit Henriette avec un cri d'épouvante qui lui échappa... qu'elle ne put retenir...

Et elle avait saisi le bras de la femme de chambre. Elle le secouait. Et comme l'autre, surprise de cette émotion, restait silencieuse :

— Parlez... parlez donc !...

— Excusez-moi, mademoiselle... je ne savais pas, je ne pouvais pas deviner que... une pareille chose... si simple... vous bouleverserait à ce point...

Henriette avait failli se trahir.

Son cœur battait, désordonné. Elle étouffait. Et cette fille qui, par des réticences et des hésitations, semblait la torturer à plaisir !!

Pourquoi Jodry-Thuret avait-il révélé

ce mariage, alors qu'il avait promis que ce projet serait ignoré de Renaud Raigice ? Et quel effet une pareille révélation avait-elle produit sur Renaud ?

Heureusement, les ténèbres de la chambre cachaient le trouble et la pâleur de son visage.

Elle finit par se calmer.

— Racontez-moi tout, dit-elle... afin que je sois renseignée comme si j'avais assisté aux débats.

— Je ne peux pas refaire à Mademoiselle le beau discours de Mᵉ Jodry-Thuret... Pensez, mademoiselle... il a parlé pendant plus de deux heures... Mais j'ai retenu deux choses importantes qui m'ont fait beaucoup d'impression, à moi comme à tout le monde... et aussi à l'accusé... C'est ça que je vais dire à Mademoiselle...

— Oui, oui, hâtez-vous...

— Mademoiselle m'excusera... je suis un peu fatiguée... si elle aimait mieux remettre à demain ?...

— Non... voyons, Marie... ne pouvez-vous ?...

Marie Jérémit se mit à rire — d'un rire bref et sournois :

— Oh ! pour être agréable à Mademoiselle, je suis prête à tout, allez... Voici... D'abord, Mᵉ Jodry-Thuret a parlé de l'espérance que son client avait conservée jusqu'au dernier jour et de la phrase qu'il ne cessait de répéter au juge : « Quelqu'un viendra qui apportera les preuves de mon innocence... et je suis bien tranquille ! »

« L'avocat a voulu expliquer à sa manière cette parole et en quoi consistait la tranquillité de l'accusé.

« Il a dit qu'il avait, d'abord, demandé des explications à M. Renaud Raigice, dans sa cellule, et que M. Renaud Raigice avait toujours refusé de lui en donner...

« Là-dessus, l'avocat a bâti une histoire, il a dit : « Mon client s'est refusé à toute confidence, moi j'ai le droit de le deviner ; or, voici, messieurs, ce que j'ai deviné... » Alors, et ci, et ça, un tas de choses que c'était intéressant comme un feuilleton...

— Qu'a-t-il dit ?

— Plaît-il ?

— Qu'a-t-il dit ?

— Ça intéresse donc Mademoiselle ?

— Oui, fit Henriette, dont la voix était sourde.

— Eh bien, il a dit que son client aimait mieux sacrifier son honneur et sa liberté plutôt que de trahir le secret d'une femme... que, dans tout cela, c'était d'une femme qu'il était question... et que si Renaud Raigice voulait parler, il dirait qu'il n'avait pu être dans les Bois-Murés à l'heure où M. Villedieu était assassiné, puisque, à cette heure-là, il avait un rendez-vous avec sa maîtresse...

« Il a dit encore qu'il s'était efforcé de connaître le nom de cette femme, non pour le révéler à la justice, mais pour la supplier de sauver un innocent... Et cette femme, il l'a joliment arrangée, allez, mademoiselle, j'aurais voulu que vous l'entendiez comme je l'ai entendu... Il lui en a conté de dures !...

« Et là où elle se cache, les oreilles ont dû lui sonner... et pas du bon côté, encore...

— Continuez...

— Mademoiselle tient-elle à savoir ce que Mᵉ Jodry-Thuret a dit de la femme en question ?

— Non, que m'importe ?... Achevez...

— Oh ! je peux bien le dire tout de même à Mademoiselle, parce que c'est le plus beau passage du discours de Mᵉ Jodry.

« Il a représenté cette femme, sachant tout, pouvant sauver l'accusé et le laissant condamner...

« Il l'a montrée lâche, claquant des dents, n'osant plus sortir de chez elle, s'enfermant dans sa chambre, faisant la nuit autour d'elle, afin de ne pas donner au hasard l'occasion de la perdre...

« Il a dit que cette femme n'avait jamais aimé cet homme, que ce n'était qu'une misérable, et que Renaud Raigice avait bien tort de ne pas la nommer, attendu qu'elle ne méritait pas le sacrifice qu'il s'imposait pour elle...

« Hein !

« Est-ce tapé tout cela ? Sûrement, si toute cette histoire n'est pas un mensonge de l'avocat pour apitoyer les juges, la femme doit être dans des transes, à l'heure qu'il est... et demain elle sera la première à lire les journaux pour voir le résultat de l'affaire.

« Eh bien ! mademoiselle, quand elle lira la plaidoirie, elle passera un mauvais quart d'heure.

« Si elle ne pleure pas des larmes de sang et si elle ne court pas trouver les juges, l'avocat ne s'est pas trompé, c'est qu'elle est une pas grand'chose, pas digne de compassion plus tard pour ceux qui pourront avoir affaire à elle dans la vie...

Si Marie Jérémit avait pu voir sa maîtresse, elle eût été effrayée, tant ce visage exprimait de fatigue, tant ces yeux étaient troublés d'horreur, tant elle était, enfin, méconnaissable...

Mais aucune lumière dans la chambre.

Ces deux jeunes filles s'entretenaient sans se voir.

Toutes deux parlaient à voix basse, comme si elles se fussent confié de graves secrets.

Marie avait baissé le ton graduellement.

Henriette eut le courage de demander :

— Que répondit Renaud Raigice ?

— Le président lui demanda s'il était vrai qu'une femme eût joué un pareil rôle, et si l'espérance qu'il avait à plusieurs reprises manifestée, pendant l'instruction, au sujet de l'intervention qui devait le sauver, se rapportait à l'histoire contée par l'avocat.

— Alors ? dit Henriette frémissante.

— Alors, très calme, souriant, Renaud Raigice a déclaré de pure invention tout ce que venait de dire l'avocat...

Henriette étouffa un soupir.

Et Marie, impitoyable, semblant pénétrer l'âme de la jeune fille :

— Hein, mademoiselle... Si ça n'est pas une invention, et si l'histoire est vraie, voilà une femme qui éprouvera demain un rude soulagement.

— Ne m'aviez-vous pas dit tout à l'heure que Mᵉ Jodry-Thuret avait trouvé l'occasion, pendant son plaidoyer, d'annoncer son prochain mariage avec moi ?...

— C'est la pure vérité, mademoiselle... Voilà comme c'est venu...

« Votre mariage avec Mᵉ Jodry-Thuret n'est plus un secret pour personne... et il ne pouvait plus guère y avoir que M. Renaud Raigice qui l'ignorât... puisqu'il est en prison...

— Pourquoi me dites-vous cela, Marie ?

— Pour rien et sans intention, mademoiselle. Je dis ça parce que c'est comme ça, voilà tout.

« Donc, les jurés et les juges étaient au courant. Et l'un des jurés a demandé la permission de poser une question à l'avocat.

« On la lui a donnée, et il a dit : « Le défenseur ne va-t-il pas se trouver gêné et dans une situation délicate en essayant de sauver d'une condamnation un homme accusé d'avoir assassiné Villedieu, alors que le défenseur est sur le point d'épouser la fille de la victime ? »

« Je me rappelle ces mots, comme si j'étais encore en train de les entendre... et je n'en ai pas oublié un seul, je le jure...

« Ah ! mon Dieu, mais qu'avez-vous donc, mademoiselle ?

« Vous me faites mal, vous me brisez le bras !...

Henriette lui avait pris le poignet,

dans un accès nerveux, et le lui serrait de toutes ses forces, inconsciente.

Le cri de Marie Jérémit la fit revenir à elle.

— Pardon, ma fille..., c'est, voyez-vous, dans mon impatience de savoir ce que l'avocat a répondu...

— Oui, oui, je comprends, dit Marie, toujours sournoise et déguisant son ironie sous un rire bref ; mais c'est égal, Mademoiselle serre joliment quand elle s'y met... Mademoiselle a raison de vouloir connaître ce qui arriva ensuite, car c'est le plus intéressant et, un instant, on a pu croire qu'il allait se passer des choses inattendues...

La respiration d'Henriette, suffoquée, était si pénible, ressemblait tant à un râle, que de nouveau Marie s'arrêta :

— Mais Mademoiselle est souffrante... sûrement elle n'est pas comme tous les jours...

— Non, non... voyons, finissez-en...

— A peine le juré avait-il posé sa question qu'on vit Renaud Raigice se lever brusquement, à son banc, entre les gendarmes... Il était d'une pâleur effrayante, pareil à un spectre, à quelqu'un qui est mort... et il regardait Mᵉ Jodry-Thuret avec des yeux, oh ! mademoiselle, je les verrai toute ma vie, ces yeux-là... c'étaient des yeux de fou...

— Parlez... parlez... disait Henriette haletante.

— On s'attendait qu'il allait crier quelque chose... ses lèvres s'ouvrirent deux ou trois fois... Etait-ce le secret, enfin, le fameux secret, qu'il voulait alors révéler ?.. Cela ne dura que deux secondes, mais ça parut long à tout le monde... Enfin, des sons rauques sortirent... Il fut impossible d'y rien comprendre, et le pauvre garçon — car à cet instant on le plaignait — s'abattit sur son banc et se cacha la tête dans les mains...

On crut d'abord qu'il pleurait, mais il ne pleurait pas... Il était immobile, comme paralysé... Le président lui adressa la parole... Il parut ne pas entendre... Les gendarmes lui frappèrent sur l'épaule, il ne bougea pas. Ils frappèrent si fort et le secouèrent même si brutalement qu'il y eut des murmures dans la salle... Alors l'accusé releva le front... Le président réitéra sa question... à plusieurs reprises... Renaud Raigice se la répétait à lui-même, comme pour la faire entrer dans sa tête... Mais il ne put y répondre, car il n'avait pas compris... Et durant le reste de l'audience, jusqu'à la fin, jusqu'à l'acquittement, il garda la même position détachée de ce qui se passait, et même, moi, je fis une remarque : c'est que ce fut seulement à partir de ce moment-là qu'il ne regarda plus vers la porte des témoins ou vers la porte du public, ainsi qu'il avait fait tout le temps, pour voir entrer, sans doute, la personne qui devait venir prouver son innocence...

Henriette retint un sourd gémissement.

Marie Jérémit n'y fit pas attention.

Seulement, comme si elle eût eu souci, intérieurement, de cette profonde détresse, elle garda le silence, attendant qu'on l'interrogeât de nouveau.

Henriette, en chancelant, se dirigea vers la fenêtre ouverte.

Le vent s'était levé, très frais, et bousculait les arbres du parc. Elle resta là longtemps. Cela lui fit du bien.

Elle semblait avoir oublié la présence de la femme de chambre.

Marie toussa.

Henriette tressaillit, quitta la fenêtre, revint vers la paysanne.

— Ensuite ? fit-elle.

— Qu'est-ce que Mademoiselle veut que je lui dise encore ?

— Qu'a répondu Mᵉ Jodry-Thuret aux paroles du juré ?

— Mᵉ Jodry-Thuret a répondu, et il y a eu un frémissement de sympathie et d'admiration dans l'auditoire... Attendez que je tâche de me souvenir... Il a d'abord rappelé qu'on avait cherché quelles pouvaient bien être les raisons qui auraient porté Renaud Raigice à commettre un meurtre, à assassiner M. Villedieu... Et il a dit qu'on avait trouvé que Renaud Raigice avait pu être poussé à ce crime par esprit de rancune et de haine contre votre père, puisqu'il avait éprouvé une grosse désillusion en ce qui vous concerne... Ce garçon vous aimait, et dame ! l'amour a fait commettre d'autres sottises... Eh bien ! a continué l'avocat, que restera-t-il de ces causes, de ces prétendues raisons du meurtre, lorsqu'on verra l'homme qui est accusé de ce crime défendu par celui-là même que la victime avait choisi pour être le mari de sa fille ?... La présence de M. Jodry-Thuret à la tribune n'est-elle pas une éloquente protestation contre l'accusation qui pèse sur Renaud Raigice ?... Et c'est bien pour cela qu'il y est venu ! Et c'est bien pour cela qu'il a voulu défendre le jeune officier ! Il a pensé que la défense, présentée par lui, influerait sur l'esprit des jurés... en faveur de l'accusé... Car il n'est pas possible que les jurés ne réfléchissent point à ceci : « La fille de la victime eût-elle accepté que son futur mari défendît l'accusé, si elle avait eu le moindre doute sur la culpabilité de celui-ci ?... » De tout ce qu'a dit Me Jodry-Thuret, c'est ce qui a le plus porté... Mais c'est égal, l'attitude singulière de Renaud Raigice, qui a refusé tout le temps d'expliquer l'emploi de sa soirée, avait indisposé contre lui... On murmurait dans le public : « Puisqu'il ne veut pas dire la vérité, il faut qu'il soit coupable, ou, s'il n'est pas coupable, c'est qu'il est complice ! » Aussi Renaud Raigice doit une belle chandelle à Me Jodry-Thuret. Celui-ci seul pouvait le sauver. Avec tout autre, il eût été perdu. Il paraît même que malgré cela, les jurés étaient très partagés d'avis, la moitié voulant acquitter, la moitié voulant condamner... Dans ces conditions, Renaud Raigice a bénéficié de ce partage des voix et il a été acquitté comme je vous l'ai dit... et comme je vous l'ai dit aussi, ça ne l'empêche pas d'être déshonoré, parce que la lumière n'a pas été faite sur ce meurtre, complète, éclatante !... Et tant qu'elle ne sera pas faite, c'est Renaud Raigice qu'on accusera ! Tant pis pour lui, après tout ! Il n'avait qu'à dire où il se trouvait dans la nuit du meurtre. A sa place, c'est moi qui aurais mangé le morceau ! Voilà... c'est tout ce que j'ai à vous dire, mademoiselle... Maintenant, est-ce que je peux aller me coucher, car je suis très fatiguée ?

— Allez, ma fille, et merci.

— Oh ! pas de quoi... au contraire, c'est moi qui remercie Mademoiselle, car j'ai passé une bien bonne journée.

Et la femme de chambre s'en alla, laissant Henriette.

Sur le seuil, elle dit seulement :

— Mademoiselle ne veut pas que j'allume sa lampe ?

— Non...

Et Henriette resta seule, assaillie par des remords. Mais ces remords ne se traduisaient pas chez elle par une résolution de réparer le mal que sa lâcheté avait causé.

Non !

Elle se sentait sauvée. Cela seul importait. Me Jodry-Thuret ne soupçonnerait jamais la vérité. Le monde, jamais, ne saurait rien. Elle pouvait vivre estimée, honorée, dans le luxe, dans l'élégance, au milieu des raffinements souhaités.

Un seul regret dans ce cœur de femme, et, de là, les remords.

Elle pensait à Renaud. Elle se sentit, un moment, attendrie et murmura :

— Comme il m'aimait ! ! Et comme il doit, maintenant, me mépriser ! !

IV

LES DRAMES À VENIR

Cette scène de Marie Jérémit avec Henriette, aux Bois-Murés, avait sa pareille à Primerose, entre Gervoise et Jacqueline.

Gervoise avait assisté aux débats de la cour d'assises, prêt à y prendre part, avec un témoignage imprévu et foudroyant, dans le cas où les choses auraient menacé de mal tourner pour Renaud Raigice.

La douce et loyale figure du jeune officier devait rester éternellement gravée dans sa mémoire, car il ne la quitta pas des yeux, pendant les pénibles heures que durèrent les tortures morales de l'audience.

C'est que lui-même, Gervoise, n'était pas exempt de remords.

Et il le disait, le soir à Jacqueline :

— Oui, je me considère un peu comme coupable envers ce jeune homme... coupable de l'avoir vu se débattre dans cette douloureuse situation sans oser intervenir... Pourquoi n'ai-je pas osé ?... Par quelle crainte ai-je été retenu. Je ne sais. Je ne peux pas comprendre. Je dois dire, cependant, que toutes mes hésitations eussent cessé si j'avais vu prendre aux débats une mauvaise tournure, et s'il était devenu évident que ce garçon allait être condamné...

Il ajouta en soupirant :

— C'est égal, je ne suis pas content de moi et il me semble que j'ai agi comme un homme qui ne voudrait pas faire son devoir...

Jacqueline dormit un peu cette nuit-là, pour la première fois depuis bien longtemps. Elle éprouvait un soulagement immense. Elle ne pouvait ni deviner ni prévoir les conséquences que cette affaire entraînerait pour l'innocent, qui n'en sortait pas après avoir convaincu le monde de son innocence... Elle ne voyait pour le moment qu'une seule chose, c'est qu'elle était sauvée, c'est que, suprême joie, Denis ne verrait pas son bonheur brisé... et qu'il allait pouvoir continuer de vivre dans la même confiance en sa femme, en son amour...

Quant à Liliane, avec l'indifférence insouciante de son âge, elle paraissait avoir oublié les incidents de la nuit du meurtre, qui l'avaient si fort bouleversée. Elle ne s'informa de rien auprès de sa mère.

Une fois seulement, longtemps après, elle avait demandé :

— A-t-on découvert le meurtrier de M. Villedieu ?

— Non, mon enfant. Et il se peut qu'on ne le découvre jamais...

Liliane n'avait fait aucune réflexion. Déjà elle pensait à autre chose.

Le départ de Gervoise, différé par ces événements, eut lieu presque aussitôt.

Une dizaine de jours après, tous trois débarquaient à New-York.

Vers la fin d'octobre, ce fut le mariage d'Henriette avec Me Jodry-Thuret. La cérémonie se fit à l'église Saint-Philippe-du-Roule, à Paris, où Henriette et Mme Villedieu s'étaient installées pour l'hiver.

Renaud Raigice avait disparu depuis sa sortie de prison.

Personne ne savait ce qu'il était devenu. On avait appris seulement que le pauvre garçon avait démissionné. Or, il ne possédait aucune fortune ; ses parents, qui avaient sacrifié à son éducation brillante leur petit avoir, ne pouvaient lui être d'aucun secours, et le triste scandale soulevé autour de lui par l'accusation lui fermait toutes les portes et tous les emplois.

Voilà ce que l'on disait, et ce qu'entendit raconter Henriette.

Et devant elle on plaignait Renaud Raigice, dont la vie était brisée et qui allait être obligé de s'expatrier pour pouvoir vivre librement. Elle ne l'avait pas revu. Il ne lui avait pas écrit. Elle avait redouté quelque demande de rendez-vous.

Elle n'eût pas osé s'y refuser, après le dévouement héroïque du jeune homme. Ne voyant rien venir, et après l'avoir redouté, elle finit presque par le désirer, ce rendez-vous. Oui, elle eût voulu revoir Renaud, pour obtenir de lui son pardon... le pardon de sa lâcheté... Elle fut prête à le solliciter, même, ce rendez-vous... Mais où trouver Renaud ? Comment lui écrire ?... Elle eut beau s'informer en secret, avec tous les ménagements possibles, ce fut inutile...

Le jour du mariage, lorsque, la cérémonie terminée, elle sortait de l'église au bras de son mari, au moment où elle arrivait sous le portail, elle releva tout à coup les yeux qu'elle tenait baissés chastement sous le voile, l'ardente maîtresse de Raigice, — elle les releva malgré elle et comme si elle avait été attirée, commandée par une puissance plus forte que tout, et elle aperçut, dans un groupe, hors de l'église, une tête d'une pâleur extraordinaire, des yeux sombres et moqueurs, des lèvres crispées par un méprisant sourire...

C'était Renaud Raigice qui la regardait.

Et Henriette crut entendre, dominant les sonorités de l'orgue et le murmure confus d'admiration qu'excitait sa beauté, vibrant par-dessus Paris, par-dessus le monde, le cri d'outrage qui venait de cet homme :

— Lâche ! Lâche ! Lâche !

V

SIX ANS APRÈS

Six années s'écoulèrent encore pendant lesquelles le temps sembla ramasser ses forces pour préparer les drames de l'avenir, en accomplissant lentement, sans qu'on y prît garde, son œuvre de justice.

Deux fois, en ces six années, Gervoise était retourné en France avec Liliane et Jacqueline, et, à Primerose, il s'était renseigné prudemment sur ce qu'était devenu Renaud Raigice. Tous ses efforts avaient été infructueux. Renaud avait disparu aussitôt après le mariage d'Henriette, et l'on ne savait pas où il s'était réfugié. Les bruits les plus divers avaient couru à ce sujet. Les uns prétendirent que le jeune homme s'était suicidé, les autres qu'il était allé en Afrique pour quelques maisons de commerce qui voulaient établir des comptoirs dans nos possessions ; d'autres, enfin, annoncèrent qu'il avait pris du service dans l'armée russe. Par le fait, personne ne savait rien.

C'était à l'insu de Jacqueline que Gervoise essayait de prendre ces renseignements. Mais Jacqueline, de son côté, ne restait pas inactive. Elle ne pouvait, la pauvre femme, oublier ce jeune homme qui avait failli payer le crime qu'elle avait commis. Elle s'intéressait à lui pour les mêmes raisons qui faisaient que Gervoise s'y intéressait également, parce que tous les deux, pour des causes différentes, avaient la certitude de son innocence.

Et Jacqueline ne fut pas plus heureuse que son mari !

Liliane, en se retrouvant à Primerose, avait voulu revoir le pavillon du parc des Bois-Murés.

Ce fut la seule promenade qu'elle y fit. Et le jour où elle y vint sans le dire à personne, elle y surprit Gervoise qui faisait le même pèlerinage, et qui resta longtemps absorbé, au milieu de ce carrefour où il avait retrouvé le cadavre de Villedieu.

C'était dans sa vie, à lui, un mystère pénible dont il ne pouvait éloigner son esprit. Il resta là longtemps, sans se douter que Liliane le voyait ; puis, pensif, il poursuivit sa promenade, et la jeune fille allait reprendre le sentier de Primerose, lorsque du bruit dans le bois la fit se cacher de nouveau. Cette fois, c'était sa mère. C'était Jacqueline elle-même, pâle, qui semblait très émue, qui ne s'avançait qu'en chancelant, et qui s'arrêta dans le sentier embroussaillé au travers duquel Villedieu était tombé, un couteau dans la poitrine. Comme Gervoise, elle demeura là un long moment, repassant dans son esprit, sans doute, ce qu'elle avait pu connaître des péripéties de ce drame.

Et Liliane se demandait, inquiète :

— Pourquoi sont-ils venus là tous les deux, à l'insu l'un de l'autre ?

Gervoise ne resta que deux mois à Primerose.

Il retourna ensuite à New-York.

Ses affaires étaient de plus en plus prospères. Et sa phrase favorite, dans ses expansions, était pour rappeler à Jacqueline ce qu'il lui avait dit jadis, au temps de leurs misères si cruelles :

— Hein, Jacqueline ! Est-ce que je ne te l'avais pas promis, quand nous nous sommes mariés, que je te donnerais une fortune à étonner le monde ?

Elle souriait avec tristesse.

Elle aurait tout sacrifié, jusqu'à sa vie, pour retrouver, pendant quelques jours, le calme de son cœur, la paix de sa conscience.

Il s'apercevait bien qu'elle n'était pas heureuse.

Il s'en inquiétait avec son habituelle tendresse :

— Qu'as-tu ? Que te manque-t-il ?

Certes, il ne lui manquait rien. Elle vivait dans un luxe inouï. Denis se plaisait à accumuler autour d'elle tous les raffinements les plus coûteux et les plus délicats. L'or qui, de toutes parts, arrivait chez lui de par la fécondité de son génie inventif, il le dépensait en roi, en vrai roi, car il avait élargi sa place, ce nouveau venu, parmi toutes les royautés nouvelles de l'Amérique, et il était tellement certain de son bonheur qu'il bravait l'adversité, parfois, en disant à sa femme :

— Souhaite quelque chose de pas possible... je te le donne dans les vingt-quatre heures...

Nous avons dit que Gervoise s'était fait construire un hôtel superbe, en rapport avec sa fortune toujours grandissante. Cet hôtel était situé dans le quartier des « Quatre Cents », le plus riche de New-York, au n° 18 de la 51e rue, parmi les demeures somptueuses des milliardaires les plus connus, lesquelles, pour la plupart, sont la reconstitution de châteaux ou de monuments historiques d'Europe. C'est ainsi que Vanderbilt refit la Malmaison dans ses propriétés des bords de l'Hudson, avec sa salle à manger d'apparat, du style italien de la Renaissance, et son hall central, entouré d'un escalier de marbre et pavé d'une admirable mosaïque. Du reste, il avait acheté après 1870 des colonnes, des boiseries sculptées, des fragments de toute sorte dérobés pendant la guerre, et qu'il sut retrouver soit à Paris, soit surtout à Francfort, où les Allemands qui les avaient volés avaient fini par les vendre. Les appartements privés reproduisent avec la plus minutieuse exactitude les chambres de Napoléon et de Joséphine. Les lits, d'un travail d'art extraordinaire, sont surmontés d'un dais, comme les trônes des rois et des empereurs. Les piliers étincellent de dorures et de sculptures. Tous les lambris sont en bois rare. Ce palais d'Hyde Park n'a pas coûté moins de quinze millions. Vanderbilt avait donné l'élan. Les autres l'imitèrent, en essayant de surenchérir. On vit tout à coup s'élever, dans la banlieue de New-York, le palais des Doges de Venise, au coin de Madison avenue et de la soixante-dix-huitième rue.

Après le palais des Doges, il y en eut d'autres. Ce fut à qui rivaliserait de luxe, de recherches, d'excentricités artistiques. Ces deux mots ne jurent point d'être ensemble, lorsqu'ils s'appliquent à des Américains. Dans ces palais, des fêtes se donnent, d'un luxe inouï, où ne manque presque jamais la recherche du bizarre ou de l'imprévu, et il ne faudrait pas croire à de l'exagération si l'on disait que dans un bal donné un de ces derniers hivers, à Newport, eut lieu un cotillon où les accessoires furent apportés par un âne vivant ferré d'or pur et harnaché de pierres précieuses.

Gervoise était Français, simple et bon garçon. Au milieu d'une des plus prodigieuses fortunes des temps modernes, il ne perdit pas la tête et resta ce qu'il était. Il aimait, pour Jacqueline surtout, le luxe et l'élégance, tous les raffinements que lui permettait sa situation nouvelle. N'avait-il pas promis, toujours, d'en entourer son idole ? Il avait tenu sa promesse.

L'hôtel qu'il habitait n'affichait aucun style. Il était, extérieurement, sévère, de ligne pure, vaste et commode. Mais l'intérieur en avait été aménagé, arrangé, orné avec un soin jaloux. Lentement, à coups de dollars, mais en se laissant guider par le goût très sûr de Jacqueline, Denis avait amassé là des collections d'œuvres d'art qui commençaient à devenir célèbres et que l'on venait visiter, ainsi que l'on visite les palais de Rome et les galeries de Florence : tableaux des maîtres de l'école moderne française, manifestations de l'art dans toutes ses formes, sculptures, orfèvrerie, porcelaines de Chine, bronzes du Japon vieux de dix ou quinze siècles, bronzes florentins disputés à prix d'or aux musées d'Italie, vieux Saxes et vieux Sèvres, Gobelins, tapis de prières du Daghestan et de la Perse...

La seule faiblesse de Gervoise, le seul sacrifice auquel il condamna sa femme et qui lui était imposé par les habitudes du monde où ils vivaient, fut qu'il obligea Jacqueline à porter des diamants. Longtemps, elle avait résisté, voulant demeurer, dans sa simplicité et son élégance un peu sévères, la jolie femme qu'elle avait toujours été. Mais il lui fit entendre raison :

— Ce n'est pas par orgueil, ma chérie. C'est pour faire comme tout le monde. Dans notre cas, vois-tu, l'orgueil serait de nous différencier des autres. Il ne faut pas attirer l'attention...

Il avait raison et elle consentit, en soupirant...

Il eut, pour elle, la passion des bijoux...

Et il eut, pour lui-même, la passion des fleurs...

Ce fut le seul luxe particulier, intime, pour lequel il fit des dépenses.

Quant à la pauvre Jacqueline, elle avait deux grandes passions, qui la prenaient tout entière, dominaient sa vie et ne lui laissaient aucune place pour d'autres désirs ou d'autres préoccupations.

Celle de Liliane... Celle de Gervoise...

Mais, soumise et douce, elle se laissa parer par son mari... Elle eut des colliers de perles dont chacun valait une grande fortune, les diamants les plus beaux de l'Inde, des rubis de la teinte recherchée et rare qu'on appelle sang de pigeon, des émeraudes que Denis lui fit monter en diadème...

Et, en riant, pendant qu'elle, triste, se couvrait de ces trésors :

— Maintenant, tu peux paraître à nos fêtes, personne ne te remarquera.

Quant à Liliane, elle portait quelquefois une bague qu'elle avait un jour trouvée chez sa mère et que celle-ci n'avait osé lui refuser : elle était, cette bague, rare et simple : deux najas se mordaient dans un entrelacement inextricable, parmi leurs filigranes d'argent...

La bague pareille à celle qu'avait portée son père... Henri Villedieu.

Six années s'écoulèrent, en apparence heureuses — et qui le furent pour Liliane et pour Gervoise, lequel finissait par ne plus songer que de loin en loin à l'étrange mystère du meurtre de Villedieu.

Liliane, elle, était restée ce que la nature l'avait faite, d'une réserve presque sauvage, ne s'ouvrant qu'à son père adoptif et à Jacqueline, belle entre toutes, remarquée, certes, à cause de sa beauté qui ne pouvait passer inaperçue, mais peu recherchée encore, car son indomptable sauvagerie éloignait les prétendants qu'eût attirés son énorme dot. Les uns prenaient cette attitude pour de la fierté et de l'orgueil, les autres l'attribuaient à une timidité excessive. Ni les uns ni les autres n'avaient raison. Liliane était, malgré ses dix-huit ans, restée enfant. Elle n'éprouvait encore aucune aspiration vague et indéfinie. Active et nerveuse, jamais le rêve n'alanguissait ses admirables yeux noirs. Il y avait en réserve, dans cette jolie et farouche jeune fille, des trésors de tendresse avec des trésors d'énergie.

Jacqueline et Gervoise ne songeaient pas non plus à la marier. Ils l'aimaient trop pour vouloir se séparer d'elle.

Puis, Gervoise, qui prenait tout en riant, n'était pas inquiet.

— Avec ce que je lui donnerai et avec la fortune que lui a laissée Robertson, elle vaut soixante ou quatre-vingts millions, cette petite... comme ils disent ici...

« Alors, tu comprends, nous ne serons pas en peine.

Jacqueline l'avait élevée dans la simplicité et dans la bonté. Presque toujours silencieuse, l'enfant avait écouté ces leçons. Longtemps, la mère s'était demandé ce qui se passait dans l'énigme de ce cœur qui s'ouvrait si rarement.

Une fois elle lui dit :

— M'aimes-tu, bien que je ne sois pas ta mère ?

Et sous cette phrase se cachait un reproche lointain, timide, qui signifiait : « Si tu m'aimes, pourquoi n'as-tu pas plus d'élan envers celle qui a pris soin de toi ? »

Alors l'enfant, d'une voix profonde et grave, les yeux ardents :

— Veux-tu ma vie, mère ?...

Jacqueline remarqua que ce fut à compter de cette époque que Liliane se montra moins farouche. Elle prit sur elle de manifester son affection à Gervoise et à sa mère. Elle avait, pour cela, des inventions d'une délicatesse qui les touchait. Gervoise murmurait, ému jusqu'aux larmes :

— Elle n'a pas l'habitude de dire qu'elle aime, notre fille, mais quand elle le dit, elle le dit bien... Elle fait donner la réserve...

Et pour taquiner Jacqueline :

— Quand elle se mettra en tête d'être amoureuse, si par malheur ça ne nous plaît qu'à demi, gare là-dessous ! Elle nous donnera du fil à retordre !... Qu'en penses-tu ?

Jacqueline dit en soupirant :

— Je le pense comme toi... Elle n'aimera qu'une fois, mais ce sera à en mourir...

— Alors, veillons au grain ! !

Ils eurent beau veiller. L'amour n'était pas loin. Le Temps, dans sa marche, avait préparé son œuvre, sournoise, impitoyable aux projets et aux décisions des hommes.

Un jour, un de ses secrétaires, qui dépouillait sa correspondance, avait attiré l'attention de Gervoise sur une lettre ainsi conçue :

« Monsieur, les rapports que vous
« entretenez avec la maison de mon
« père vous paraîtront-ils un titre suffi-
« sant qui me permettra de vous recom-
« mander un jeune homme, M. Maurice

« Bargeton, Français d'origine, de la « plus haute intelligence, d'instruction « scientifique complète, de parfaite cul« ture intellectuelle, et de la probité du« quel mon père et moi nous nous por« tons garants ? Si vous voulez vous in« téresser à ce jeune homme, je ferai en « sorte qu'il se présente à vous au ren« dez-vous qui lui sera indiqué...

« HECTOR PARABIER. »

La maison Parabier et Cie, des Ardennes, était en effet fort connue de Gervoise, et Hector, qui la représentait à New-York, garçon aimable, fin et doux, voyant juste et voyant large, était fort apprécié par Denis.

Celui-ci répondit aussitôt à Hector d'envoyer son ami. En même temps, il donna des ordres pour que ce jeune homme ne fût pas éconduit comme un des nombreux solliciteurs qui se présentaient chaque jour dans les bureaux de la 51e rue.

Le lendemain, vers dix heures, on lui fit passer une carte.

La carte portait, sans aucune autre indication, le nom attendu :

MAURICE BARGETON

Et cinq minutes après, dans le cabinet de Gervoise, le jeune homme entrait.

C'était un garçon de taille moyenne, d'allure souple, robuste et entraînée. Il paraissait avoir une trentaine d'années. Ses yeux bruns étaient doux, un peu timides. Etait-ce tristesse ? Sa barbe, couleur châtain foncé, était courte sur les joues, et s'allongeait en pointe au menton, et la moustache, un peu claire, retroussée à la française, n'était pas assez épaisse pour cacher de très jolies lèvres, presque des lèvres de femme. Mais, si joli que cela fût, rien de mièvre, rien d'apprêté. Une grande franchise d'allure, une grande aisance de manières. Et du regard profond jaillissait, sous le voile triste, la probité d'une nature d'exception.

— Monsieur, dit-il, je viens à vous sous la seule recommandation de mon ami Parabier. Toutefois, vous pourriez prendre sur moi des renseignements à la maison Rotherite, qui vient de cesser, à la suite, comme vous le savez, du trust des blés où Joseph Leiter aurait luimême fini par se ruiner, lui, le formidable trusteur, s'il n'avait été obligé d'entrer en composition avec Phil-Armour, de Chicago...

— Je suis au courant de cette grosse affaire, dit Gervoise, attentif. Ainsi, vous étiez chez Rotherite ?

— Depuis quatre ans... J'y serais resté longtemps encore, sans la débâcle...

— Quel emploi y teniez-vous ? Vous étiez ?

— Secrétaire... Je parle et j'écris l'anglais et l'allemand comme ma langue maternelle. Toutefois la maison Rotherite, commerçante, ne m'offrait pas beaucoup d'avenir, et je m'y suis trouvé gêné au début, car mes études premières et mes goûts me portaient de préférence vers l'industrie...

Gervoise examinait le jeune homme avec une curiosité inquiète.

Il lui semblait que ce visage ne lui était pas inconnu.

Où l'avait-il vu ? Dans quelles circonstances ? Il ne se souvenait pas.

Maurice Bargeton ne pouvait s'émouvoir de cette attention qui était toute naturelle de la part de l'homme auprès duquel il se présentait. Pourtant, le voile de deuil, sur ses yeux, sembla s'épaissir et il soupira.

Gervoise reprenait :

— Vous connaissez Hector Parabier, à ce qu'il paraît ?

— Oh ! oui... Je n'ai même que ce seul ami.

— Depuis longtemps ?

— Nous avons fait nos études ensemble...

— Vos études classiques, car il me semble qu'Hector Parabier sort d'une école du gouvernement...

— Nous nous sommes connus à l'Ecole polytechnique, dit Maurice Bargeton après un peu d'hésitation...

— Et au régiment aussi, peut-être ? Parabier a été officier...

— Non, pas au régiment... Hector était dans le génie...

— Et vous ?

— Dans l'artillerie... à... Orléans...

Les lèvres souriaient, mais la voix était devenue tremblante. Quant à Denis, il venait d'éprouver comme une secousse. Ses souvenirs se précisaient. Se précisaient-ils ? N'était-il pas le jouet de quelque illusion ? Le visage qu'il avait devant lui, il essayait de le dépouiller de sa barbe brune, afin de distinguer mieux les traits, et il s'attachait aux yeux, aux yeux surtout, qui ne changent pas, qui restent les mêmes, de l'enfance à l'âge mûr, de l'âge mûr à la vieillesse... Où avait-il vu ces yeux ?

— Vous avez donné votre démission d'officier ?

— Oui... J'ai dû m'y résigner... Mes parents sont pauvres... Après m'avoir élevé, ils ont perdu le peu qu'ils avaient... Ils sont vieux, à peu près infirmes. Ce n'était pas ma solde qui pouvait les aider... Et si je ne les aidais, ils seraient réduits à la misère...

— C'est bien. Du reste, monsieur, fit Denis, je n'ai aucun renseignement à vous demander, à vous, ni à personne sur votre compte... La lettre d'Hector Parabier me suffit... Je vous tiens pour un honnête homme, et, pour le moment, c'est tout ce qu'il me faut... Quant au reste, je vous verrai à l'œuvre, et il ne dépend que de vous, de votre intelligence, de votre savoir et de votre activité, que je fasse votre fortune... Mais... j'ai connu la misère et vous me dites que vos parents sont dans la gêne... Avez-vous besoin d'argent ?... Je puis vous faire une avance... non pour vous... mais pour eux...

Les yeux de Maurice Bargeton s'emplirent de larmes.

— Merci, monsieur... Quoi qu'il arrive, ceci vous gagne mon cœur... Je n'ai besoin de rien pour l'instant... j'ai quelques dollars d'économie...

— Dès demain, si vous le voulez, vous entrerez chez moi au titre provisoire de chef de mes secrétaires... Plus tard, je verrai, au dehors, dans mes usines et mes ateliers, à quoi vous pouvez m'être utile... L'emploi que je vous offre est un emploi d'attente... Cela vous va-t-il ?

— Je vous suis profondément reconnaissant...

— Revenez demain de bonne heure, à six heures... Je vous mettrai moi-même au courant... et dites à Parabier que c'est chose faite...

— Merci, et de tout mon dévouement, monsieur...

Gervoise sourit et le congédia, d'un geste. Maurice sortit. Gervoise resta longtemps pensif, les yeux fixés sur la porte par où le jeune homme avait disparu.

— Voilà qui est singulier, murmura-t-il... Je suis certain d'avoir été déjà en rapport avec ce garçon... d'avoir entendu cette voix... et d'avoir remarqué ce regard triste, ce regard mouillé, comme il l'était tout à l'heure quand il me remerciait... Officier. Je n'ai pas fréquenté beaucoup d'officiers ?... en France... Officier d'artillerie...

Tout à coup il se leva de son bureau, très pâle...

— Oh ! voilà qui est étrange... serait ce possible ?

Il semblait très ému.

C'est qu'il venait de se rappeler en quelle journée triste, presque tragique, il avait vu l'homme qui ressemblait à Maurice Bargeton.

C'était à l'audience de la cour d'assises, à Melun.

Il y avait de cela six ans, environ, le jour où comparaissait un jeune officier d'artillerie, Renaud Raigice, accusé d'un meurtre...

— Oui, cette attitude tout à la fois si fière et si réservée, ces yeux surtout, ces yeux qui ne peuvent tromper... C'est lui... C'est bien ce pauvre garçon...

Et il sentit monter en lui le remords d'autrefois.

Le remords d'avoir laissé planer pendant quelques semaines un soupçon déshonorant, un soupçon terrible, sur la tête de cet innocent.

— Il a laissé pousser sa barbe... il s'est expatrié... il a changé de nom... il a voulu se refaire une vie nouvelle... Ce qu'il m'a raconté de la misère de ses parents est exact peut-être, mais ce n'est assurément pas la vraie cause de ce changement de vie... Assurément, Hector Parabier connaît ce secret... et si je l'interrogeais il ne manquerait pas de tout me dire. A quoi bon humilier cet homme, et le mettre vis-à-vis de moi dans une situation de dépendance morale, puisqu'il est innocent, et puisque, sur son innocence, il ne m'est guère permis, à moi, d'avoir aucun doute ?...

Ne se trompait-il pas ?

Il attendit avec anxiété le lendemain, pour examiner Maurice Bargeton plus attentivement.

Quant à cette découverte, il la garda pour lui, n'en fit part ni à Liliane ni à Jacqueline.

A quoi bon ?

La visite de Maurice, le lendemain, ne fit qu'augmenter sa conviction. Oui, c'était bien la voix grave qui avait protesté contre l'accusation qui l'accablait, la voix qui avait proclamé son innocence, la voix qui avait refusé de révéler le secret de passion, de passion coupable sans doute, dont la divulgation l'eût sauvé... la voix qui jusqu'à la fin avait répondu :

« Quelqu'un viendra, qui prouvera que je n'ai pu commettre ce crime. »

C'étaient ces yeux que Gervoise avait vus — ainsi que Marie Jérémit ellemême — constamment fixés sur la porte du public et sur la porte des témoins, d'où Renaud attendait le salut... ces yeux qui d'abord avaient exprimé l'espoir, et dans lesquels il avait lu, minute par minute, la sombre désespérance.

Renaud Raigice, enfin !...

Alors, il se sentit pris d'une immense pitié pour ce jeune homme.

Il avait beau se dire :

— S'il avait été condamné, j'aurais parlé !

Cela ne calmait point son regret, et devant Maurice, qui attendait dans son cabinet, un peu surpris de ce silence et de cette émotion, Denis Gervoise baissa involontairement la tête, parce qu'il avait commis une faute et qu'il n'était plus temps de la réparer...

Non, il n'était plus temps de crier aux juges :

— N'allez pas plus loin dans vos soupçons et cessez de torturer cet homme...

Du moins, s'il était trop tard pour lui donner cette réparation morale, Denis s'arrangerait pour le rendre heureux. Il ferait sa fortune, il veillerait sur lui... De près ou de loin, sa puissante influence protégerait cette victime, et puisqu'il avait été un de ceux qui avaient contribué à détruire ce bonheur, il serait, lui, Denis, celui qui le réédifierait !

Maurice Bargeton, de plus en plus gêné par le singulier silence de Denis Gervoise, finit par dire en hésitant :

— Monsieur, je suis sans doute importun. Je n'ai fait, cependant, en me présentant d'aussi bonne heure, qu'obéir au désir que vous m'aviez exprimé.

Gervoise sembla s'éveiller.

Il eut un long soupir. Il s'aperçut seulement alors qu'il n'était pas seul, et, croyant avoir froissé le jeune homme, il lui tendit la main.

— Excusez-moi. Vous n'êtes pas importun du tout, et je vous attendais.

Ils passèrent deux heures ensemble. Après quoi, Gervoise présenta Maurice aux principaux directeurs de sa maison.

— Au fait, dit-il tout à coup, j'ai oublié de vous demander si vous êtes en ménage, ici, et si vous êtes marié ?

— Je ne suis pas marié.

— Libre complètement ?

— Complètement, dit Maurice avec un sourire.

— Eh bien ! restez à déjeuner avec nous... J'ai encore tant de choses à vous dire...

Maurice eut une légère hésitation. On eût pensé que cette invitation, sans façon, le gênait, le prenait au dépourvu. Si courte qu'elle eût été, Denis ne fut pas sans la remarquer.

Le pauvre garçon essayait de répondre :

— Je suis un peu sauvage... Je n'ai pas l'habitude du monde... et si je venais à déplaire j'en serais doublement attristé, à cause de la sympathie que vous me témoignez...

— Ce sera comme il vous plaira, cher monsieur.

— J'espère du moins que vous ne m'en voudrez pas, et que vous me pardonnerez mon insurmontable timidité ?

— Oh ! J'en aurai raison à la longue... fit Gervoise en riant... Vous pouvez compter sur moi pour cela... Et je vais même profiter de l'occasion pour vous donner un conseil... Nous ne sommes pas dans le pays des gens timides... Si vous voulez réussir... ne craignez pas de vous montrer hardi...

Le voile de deuil s'épaissit sur les yeux de Maurice Bargeton.

Hardi, il l'eût été sans doute... mais l'affreux drame de sa jeunesse avait tranché toute son énergie, toute sa volonté, toute son aventureuse audace...

Denis le comprit.

Maintenant qu'il avait deviné ce qu'était le jeune homme, il lisait dans cette âme clairement. Ce que Maurice appelait timidité et peur du monde, ce n'était que tristesse incurable et résolution prise de vivre dans la solitude sans se créer, autour de lui, des relations banales ou même des amitiés au milieu desquelles il resterait gêné et comme honteux avec son secret. Il ne voulait pas qu'un jour le hasard vînt lui jeter à la face, devant ceux qu'il aurait ainsi trompés, son vrai nom, le nom qui avait comparu en cour d'assises, le nom qu'on n'avait pas pu, sans doute, déshonorer entièrement, mais que l'on n'avait pas pu réhabiliter non plus... Il restait à ce nom comme un lambeau de honte et d'infamie, et rien ne pourrait le lui faire secouer, l'en débarrasser, rien, si ce n'est la découverte du meurtrier de Villedieu et sa condamnation éclatante dans un procès retentissant...

Espérance chimérique...

Pour la seconde fois Gervoise tendit la main à Maurice :

— Suivez mon conseil, et, en tout..., comptez sur moi...

Maurice était vraiment touché de cette amitié si franche et si prompte. Tout à coup, répondant à l'étreinte, il murmura, la voix sourde :

— Monsieur, je ne pourrai jamais vous exprimer ma reconnaissance... et si vous saviez... oui, si vous saviez...

On eût dit qu'il était prêt à révéler à cet homme le secret de sa jeunesse.

Mais il s'arrêta, sa gorge s'était contractée... Non, ni Gervoise ni personne ne saurait rien, rien, jamais, jamais !... Il avait dit qu'il se referait une vie nouvelle... Il referait cette vie loin de la France... Il se tut... Denis l'avait encore deviné, ce mouvement généreux pour tout dire... et il répéta lentement, profondément

— En tout, monsieur Bargeton, comptez sur moi !

C'est ainsi que Maurice — nous l'appellerons de ce nom, bien que Gervoise ne se fût pas trompé en reconnaissant Renaud — c'est ainsi que Maurice Bargeton entra chez Gervoise.

Il fut vite au courant de sa besogne délicate et compliquée, et Denis n'eut pas de peine à trouver en lui l'intelligence haute et sûre, l'instruction étendue dont la lettre d'Hector Parabier lui avait parlé.

L'hiver était passé ; le printemps était revenu, et depuis deux mois que Maurice travaillait auprès du riche industriel, Liliane et Jacqueline n'avaient pas eu l'occasion de le rencontrer.

Gervoise, seulement, leur avait dit :

— J'ai pris un nouveau secrétaire... un Français... fort bien, et qui serait même à peu près parfait, s'il n'était aussi sauvage... Il vit seul, ne fréquente personne en dehors de Parabier... Du reste, ajouta-t-il avec une indifférence simulée, c'est son affaire... Je l'ai déjà invité deux fois, il a trouvé le moyen de me refuser... Cela est tout naturel, j'ai été ainsi dans le temps, mais comme je m'intéresse à lui et que cette timidité pourrait lui être défavorable, à la longue, je vais m'employer à en triompher.

Quelques jours se passèrent encore.

Il se préparait une grande fête chez Gervoise.

Denis remit — lui-même — à Maurice l'invitation de Jacqueline.

Il lui dit :

— Il n'est pas bon de vivre ainsi loin des autres... Vous avez votre vie à faire, des relations à vous créer... Réfléchissez.

Maurice avait réfléchi. Il eût été imprudent et étrange de ne point paraître à cette fête.

Il accepta.

Elle eut lieu, splendide, car Denis Gervoise n'avait rien négligé pour en rehausser l'éclat. Il dépensait sans compter lorsqu'il s'agissait de bonnes œuvres, et le budget de charité de Jacqueline était inépuisable, mais il savait aussi se montrer prodigue lorsqu'il étalait son luxe, et il rivalisait alors de magnificence avec les plus fastueux de la grande cité américaine.

Dans le cours de la soirée, Maurice Bargeton fut présenté à Jacqueline.

Celle-ci plus belle que jamais, éclatante dans sa parure élégante, dans sa toilette d'un goût délicat, avait, à ce moment, autour d'elle, une cour d'admiratrices, non d'envieuses, car d'autres étaient aussi belles, mais non plus, et elle avait écarté de sa personne l'odieuse envie à force de charme et de douceur. Elle était, partout où elle apparaissait, chez elle ou chez les autres, enveloppée d'une atmosphère de sympathie. Sa réserve timide avait plu, dès le premier jour, et quand on avait vu que la rapide, foudroyante fortune de son mari ne changeait rien à son caractère, on lui en avait su gré. Son salon était très fréquenté — alors qu'au fond du cœur elle eût souhaité vivre en recluse — et ses fêtes attendues avec impatience et suivies avec passion.

Liliane n'y avait jamais paru.

Cette soirée était la première où la jeune fille, en somme, faisait connaissance avec le monde.

Elle n'en était ni émue ni troublée. Elle y restait ce qu'elle était, un peu étrange, silencieuse ; ses grands yeux, ouverts sur ce qui se passait devant elle, semblaient ne point remarquer toutes les admirations dont elle était l'objet.

Sa figure énergique, son regard sombre, tranchaient singulièrement sur une toilette d'une simplicité extrême, entièrement blanche. Elle restait grave, presque trop sérieuse. Il fallait connaître cette enfant pour deviner la tendresse que cachaient ces dehors frustes. Elle ne se livrait qu'à bon escient. Et jusqu'alors Denis et Jacqueline, seuls, avaient pénétré l'énigme de son âme, enfermée dans ce corps d'une perfection de formes admirable, comme un trésor pour lequel un artiste de génie aurait ciselé une enveloppe d'art inouïe.

Elle avait pris part à la fête. Sa bouche, sérieuse, ne répondait par aucun sourire, son âme avait l'air d'être absente. Son élégance, qui était absolue, était pour ainsi dire grave, si étranges que soient ces deux mots rapprochés l'un de l'autre. Mais toutes les fois que ses yeux pouvaient rencontrer les yeux de Jacqueline, les deux femmes, mère et fille, se communiquaient leurs pensées, communiaient par leur affection, ainsi échangée d'un bout à l'autre des salons. Liliane ne s'ennuyait pas, pourtant. Elle ne s'amusait pas non plus. Ces choses lui étaient indifférentes. A cette exquise jeune fille, pour être mieux que la petite sauvage qu'elle avait toujours été, que pouvait-il manquer encore ?

Elle était près de Jacqueline lorsque Gervoise se rapprocha de sa femme, amenant Maurice Bargeton.

Il le présenta à Jacqueline. Elle avait su les répugnances du jeune homme à paraître dans le monde. Elle l'encouragea d'un sourire, lui tendit la main et le retint auprès d'elle pendant quelques minutes, parlant de Paris, parlant de la France ; le mettant, du premier coup, tout à fait à l'aise. Du reste, Maurice n'était pas l'homme dont avait parlé Gervoise. Très élégant, d'une correction seulement un peu froide, il parlait aisément, non point de façon superficielle, mais sachant donner aux propos les plus graves une tournure spirituelle et relever les futilités de quelque sérieux. Il resta, cependant, non point gêné, mais sur ses gardes. Il était venu là par devoir, et aussi parce que son obstination à ne point venir eût fini, peut-être, par éveiller les soupçons et par faire naître des commentaires malveillants sur son compte. Il avait hâte d'être parti.

Liliane n'avait pas pris part aux paroles échangées.

Elle se tenait debout, derrière sa mère. En se retirant, il la salua. Leurs regards se croisèrent, sombres chez elle comme chez lui, sérieux chez l'un comme chez l'autre. Ils avaient les mêmes yeux, mais la gravité de Liliane, chez Maurice, était de la tristesse.

Quand il se perdit dans la foule, elle le regarda longtemps, aussi longtemps qu'elle put, comme si elle ne voulait pas se détacher de lui.

Elle comprit qu'il s'en allait, qu'il quittait cette fête.

Elle demanda à sa mère :

— Qui donc ? Je n'ai pas entendu son nom, tout à l'heure.

— M. Maurice Bargeton, secrétaire de ton père...

La jeune fille se tut. Elle chercha à l'apercevoir encore. Ce fut vainement. Sa mère observa qu'à partir de ce moment Liliane parut plus préoccupée. Les yeux, même, ne parlèrent plus, l'âme — comme certaines fleurs d'une délicatesse exquise — venait d'être frôlée et se repliait sur elle-même, dans la première alarme de sa pudeur inquiète.

Et elle soupira de regret quand on vint la chercher pour le cotillon.

Elle n'y fit pas d'autre allusion pendant les jours qui suivirent. Jacqueline ne put deviner le lent travail qui s'accomplissait dans ce cœur et qui allait transformer cette vie.

Si elle avait eu le moindre soupçon, — le soupçon le plus lointain, — elle s'en fût bien aperçue pourtant, car déjà Liliane ne se ressemblait plus.

Elle n'agissait plus qu'avec une sorte de fièvre. Jadis elle ne s'inquiétait point de savoir quelles seraient, pendant le cours de la saison, les réceptions ou les fêtes de sa mère. Or, à plusieurs reprises, elle questionna Jacqueline sur ce jet, et Jacqueline, sans défiance, dait en souriant :

Film Pathé. Production Ermolieff.

Le jour du mariage d'Henriette, pâle, les yeux sombres, Renaud Raigice avait assisté à la cérémonie.

Film Pathé. Production Ermolleff.

Belle entre toutes, d'une réserve presque sauvage. Liliane, malgré ses dix-huit ans, était restée enfant.

Film Pathé. Production Ermolieff.

Amicalement Gervoise insistait, car le changement d'attitude opéré chez Maurice n'avait pu lui échapper.

Film Pathé. Production Ermolieff.

D'une voix brève et dure, toute changée, Liliane interrogeait Dorritt.

— Il paraît que tu as gardé bon souvenir de la dernière ?

Liliane n'en avait gardé qu'un souvenir : celui de Maurice Bargeton. Peut-être ne se l'avouait-elle pas à elle-même, mais le visage un peu triste du jeune homme la poursuivait partout. Elle ne s'en défendait pas. Elle trouvait à cela, au contraire, beaucoup de douceur, et il lui semblait maintenant que son existence, cependant si entièrement heureuse, se dorait de nouveaux rayons de soleil, et s'ouvrait sur des lointains inconnus.

Le hasard protège les amoureux. Elle fut là quand Maurice vint rendre visite à Jacqueline. Et, à plusieurs reprises, elle se sentit tressaillir, délicieusement, en recevant le lent regard d'admiration respectueuse que le jeune homme souleva vers elle.

Lui-même resta plus longtemps qu'il ne le voulait.

Et il se passa en lui un drame intime, insoupçonné de Jacqueline, inaperçu dans ce salon qui s'encombrait de visites.

Pendant qu'il levait, pour la seconde fois, les yeux sur Liliane, son regard fut attiré tout à coup par la main de la jeune fille, qui reposait sur le bras d'un fauteuil. Une main longue et fine, d'une blancheur de marbre, sur laquelle couraient les lignes des veines, aux doigts fuselés, dont la pointe se recourbait légèrement.

Mais ce qui retenait son attention, ce n'était pas cette main, si jolie qu'elle fût, mais une bague passée à l'un des doigts, une bague très simple, en filigrane d'argent, une bague faite de deux serpents qui s'enroulaient, se tordaient, se mordaient avec rage...

Ce n'était rien, cette bague, cela n'avait aucun prix : dès lors pourquoi Maurice paraissait-il ne pouvoir en détacher son regard ? Pourquoi avait-il pâli, était-il en proie à une émotion si visible que Jacqueline, assurément, l'eût remarquée, si, à cette minute, la conversation n'eût été générale.

Seule, Liliane s'en inquiéta. Seule, elle l'avait vue. Mais sans comprendre. Un moment, elle chercha, dans la direction du regard de Maurice, ce qui pouvait ainsi l'émouvoir... Et comme c'était sa main qu'il considérait, elle laissa, par un chaste mouvement, retomber sa main...

Mais d'où venait, chez le jeune homme, un pareil émoi ?

Maurice prolongea sa visite, comme s'il avait eu le secret désir de rester seul, une minute de plus, avec la mère et la fille, mais ce fut impossible, et il partit.

Cette émotion singulière n'était pas la seule qu'il emportât. En remontant dans le cab qui l'avait amené, il revoyait les admirables yeux de Liliane fixés sur lui avec une insistance qui l'avait profondément remué. De toute autre, il y aurait eu peut-être de l'audace à regarder ainsi. De la part de l'étrange fille, c'était l'innocence même qui éclatait dans la naïveté de son premier trouble d'amour. Trop surprise pour se défendre, trop inhabile à dissimuler, ses yeux ressemblaient à un clair miroir où s'imprimaient, bien nettement, toutes les impressions nouvelles de son cœur.

Et pendant que la voiture l'emportait, Maurice, répondant à quelque pensée obsédante, se disait tout haut :

— Pourquoi, pauvre fou, veux-tu souffrir encore ?

Il occupait, au rez-de-chaussée, dans une maison basse et construite en briques rouges, non loin de la 51e rue, un appartement coquettement meublé, composé de trois pièces, un salon, une chambre à coucher, une salle à manger. Le salon lui servait de cabinet de travail. Les pièces étaient vastes et hautes, bien aérées sur un grand jardin planté de beaux arbres et agrémenté de pelouses et de fleurs. Il n'était pas très loin de son travail, à quelques minutes des bureaux de Gervoise. Il allait assez tôt chez Denis, dans la matinée, s'y trouvait à dix heures, et ne sortait que le soir, très tard. Mais son travail l'intéressait, par la variété des questions sur lesquelles il était appelé à réfléchir. Il entrevoyait, du reste, bientôt le jour où Gervoise, sûr de lui, allait lui confier des missions où Maurice pourrait donner la mesure de son intelligence et des ressources de son initiative.

Rentré chez lui, le jeune homme parut préoccupé.

Ce n'était plus à Liliane qu'il pensait ou, s'il pensait à Liliane, ce n'était plus les beaux yeux, ce n'était plus la splendeur de la jeune fille qui retenaient son souvenir ; il ne voyait plus qu'une chose, une seule, ce petit rien qui ornait une main élégante, cette bague d'argent, à peine visible sur la blancheur de ce doigt... Et le même trouble lui revenait...

Cette bague, ce n'était pas la première fois qu'il la voyait, ou du moins sinon celle-là, une autre aussi singulière et en tout semblable...

La première, il l'avait remarquée en une heure inoubliable...

C'était après son arrestation, au moment où il venait de comparaître devant le juge. Sur le bureau on avait placé divers objets, une montre en or, sans sa chaîne, un canif d'argent, une bourse avec une dizaine de louis et une bague en filigrane représentant des serpents enlacés. Ils avaient été trouvés sur Henri Villedieu, et déposés provisoirement au parquet avant d'être restitués à la veuve. Machinalement, le magistrat énumérait ces objets et il regarda longuement la bague dont il disait tout haut les détails. Et Maurice l'avait si bien vu, ce bijou, qu'il devait se le rappeler toujours.

Le juge d'instruction avait ajouté :

— Nous avons montré cette bague à un bijoutier de Paris, car elle présente un caractère étrange. On nous a répondu que sa pareille n'existe pas dans le commerce. C'est un travail rare et unique, venant de l'Inde, probablement le produit de la patience d'un ouvrier hindou, peut-être d'un brahmane... M. Villedieu la portait souvent... surtout, a-t-il été remarqué, avant son second mariage... D'où provenait-elle ? Il nous a été dit que Villedieu avait été maintes fois interrogé à ce propos, mais qu'il avait toujours évité de répondre...

Ce fut la seule fois que Maurice vit ce bijou. Le lendemain, lorsqu'il comparut de nouveau, tous ces objets appartenant à Villedieu, inutiles à l'enquête, avaient été reportés aux Bois-Murés.

Or, à son doigt, Liliane portait une bague pareille.

Là-dessus, Maurice ne conservait aucun doute. Au risque de faire remarquer sa préoccupation, dans le salon de Jacqueline, il l'avait examinée avec attention.

Il en eut tout le loisir. La main de Liliane, immobile, semblait sculptée dans du marbre.

Pourquoi en était-il si troublé ? N'y avait-il pas là un fait tout simple ? Et même, si c'était la bague de Villedieu, n'avait-elle pas été donnée à Liliane par Henriette ?

Ou bien encore, le bijoutier parisien ne pouvait-il pas s'être trompé, et ce travail minutieux et rare, l'ouvrier hindou n'avait-il pas eu la fantaisie de le recommencer dix fois ? Et dix bagues pareilles n'étaient-elles pas éparpillées à travers le monde, à des doigts jolis et fins comme les doigts de Liliane ?

Il essayait de n'y plus penser, mais sans cesse y revenait son esprit.

Il y avait là une attraction singulière, comme si des événements importants de sa vie étaient attachés à l'explication de cette énigme.

Mais justement l'énigme était trop indéchiffrable. Il s'y perdait.

Peut-être ne fût-il point retourné rendre visite à Jacqueline avant longtemps, s'il n'avait fait cette découverte.

Il en était venu à penser qu'il avait pu se tromper, que cette bague n'était point celle de Villedieu, et, pour en être sûr, il revint, chercha les occasions de se retrouver devant Liliane.

Cela lui fut d'autant moins difficile que, d'une part, Gervoise n'attendait, chez Maurice, qu'un peu moins de timidité pour renouveler et rendre plus fréquentes ses invitations, et que, d'autre part, Liliane, entraînée malgré elle vers cet amour, cherchait de son côté les occasions de rencontrer le jeune homme.

Dans ces conditions, et puisque ces trois volontés convergeaient vers le même but, le hasard avait peu de choses à faire pour les réunir.

Il arriva donc ceci :

Maurice Bargeton qui, depuis cinq ou six ans qu'il habitait New-York, avait vécu dans une solitude presque absolue, n'ayant d'autre relation que celle d'Hector Parabier, se mit à rechercher le monde.

Toutes les fois qu'il savait devoir rencontrer Liliane, il apparaissait, se rapprochait d'elle. C'était chez Gervoise, c'était à la promenade, au tennis, au théâtre, aux soirées où la jeune fille se rendait avec une joie fiévreuse maintenant qu'elle était sûre d'y retrouver celui qui emplissait de son image ses jours et ses nuits.

Certes, Maurice ne pensait pas à aimer...

S'il avait pu se douter que tout à coup son cœur allait s'ouvrir à une passion folle pour cette enfant, lui qui déjà — trompé cruellement, lâchement trahi — avait tant souffert par l'amour, il se serait enfui, pour ne plus la voir.

Il se serait enfui, parce que cet amour n'aboutirait à rien, qu'à une nouvelle souffrance.

Il se serait enfui, parce que cet amour, hélas ! était impossible, défendu. Renaud Raigice, sous le nom de Maurice Bargeton, Renaud, sur qui pèserait, sa vie entière, une accusation déshonorante, Renaud, cachant son passé, ne pouvait aimer cette jeune fille, dont Gervoise avait fait sa fille en l'adoptant ; Renaud, honteux et en fuite, ne pouvait épouser, lui pauvre, ces millions.

En ce moment, tout à son idée, il ne faisait aucune de ces réflexions.

Il recherchait Liliane, parce que Liliane lui semblait avoir la clef d'un mystère qui intéressait sa vie, à lui : voilà tout.

L'amour n'y était pour rien.

Les premières fois, il ne fut pas heureux.

Ou bien Liliane avait les mains gantées et ne se dégantait pas.

Ou bien elle ne portait aucune bague, ni celle-là ni d'autres.

Et en effet, c'était par caprice, et assez rarement, que Liliane s'en parait.

Il eût fini par croire qu'il avait été le jouet d'une illusion si, un jour qu'il était seul dans le cabinet de travail de Gervoise, Liliane n'y était apparue.

C'était la première fois qu'elle venait ainsi.

L'amour avait fait en elle des ravages profonds.

Violente sous des dehors de calme et de froideur, elle aimait passionnément.

Or, depuis une quinzaine de jours, Maurice était resté invisible.

C'est que lui-même, un soir, après un bal, était rentré troublé, malheureux, mécontent de lui-même, comme s'il avait commis une faute.

Hector Parabier lui avait ouvert les yeux.

Hector, tout à coup, pendant le bal, l'avait pris par le bras.

— Viens, Renaud...

— Que me veux-tu ?

— J'ai une confidence à te faire...

— Grave ?

— Oui...

— Comme tu me parles... Aurais-je encouru quelque reproche ?

— Non, pas encore, peut-être ; mais j'ai peur que tu n'en sois pas loin...

— Alors, dis-moi ce que tu penses...

— Renaud, ta vie a bien changé depuis quelques mois.

« Au lieu de la solitude, tu recherches le monde... et il ne m'a pas été difficile de m'apercevoir que dans le monde tu ne recherches qu'une chose, c'est l'occasion de te retrouver avec Mlle Gervoise.

— C'est vrai...

— Renaud, tu ne peux songer à épouser cette jeune fille...

— Aussi je n'y songe point, fit le jeune homme, surpris.

— En ce cas, ce que tu fais là, c'est mal... pardonne ma franchise...

— Ta franchise appelle la mienne. Ecoute mon explication très simple.

Et il raconta à Parabier l'histoire de la bague.

Parabier parut soulagé.

— Tant mieux, tant mieux, dit-il... j'étais inquiet, pour toi, et aussi pour elle...

— Pour elle ?...

— Oui... tu n'as donc rien remarqué ?

— Voyons, tu parles un langage que je ne comprends pas... Que veux-tu dire ?

— Rentrons au bal, tu jugeras par toi-même.

Ils entrèrent.

Renaud, de plus en plus étonné, se laissait conduire, les yeux sur son ami.

Parabier s'arrêta. Ils étaient devant une grande glace, dans laquelle se reflétaient des groupes de jolies femmes, au milieu des fleurs.

— Mlle Gervoise est derrière nous, dit Hector... Relève les yeux sur cette glace... tu l'apercevras sans qu'elle s'en doute, puisque tu lui tournes le dos... et vois, vois comme elle te regarde...

Renaud obéit, machinalement.

C'était vrai.

Les grands yeux de Liliane étaient fixés sur lui, le suivaient, l'enveloppaient, semblaient vouloir l'attirer, l'inonder de leur lumière... Et l'on ne pouvait s'y tromper...

C'étaient des yeux d'amour, de tendresse infinie... C'étaient des yeux pleins de promesses, dans lesquelles cette vierge donnait, sans le savoir, inconsciente, sa beauté, son âme, son corps, sa vie, tout...

Renaud eut une secousse brusque et devint pâle.

De nouveau, Parabier l'entraînait.

— Eh bien ? Tu l'as vue ?

— Oui, mais ce n'est pas vrai, entends-tu ?

« Ce n'est pas vrai... Tu te trompes... Ce n'est pas possible, et c'est folie... disait le jeune homme bouleversé.

— Rien de plus simple que de t'en assurer, maintenant que tu es prévenu.

— Comment ?

— Ne t'es-tu pas fait inscrire sur son carnet de bal ?

— Oui... et même je crois que voici mon tour...

— Alors, va, et observe...

Une demi-heure après, Maurice Bargeton sortait avec Parabier.

Et il disait à son ami, d'une voix sourde, toute changée :

— C'est vrai... tu avais raison... elle m'aime !... Et c'est un grand malheur ! !

VI

UN BAISER AUX ENCHÈRES

Désormais au lieu de retrouver Liliane, il se mit, au contraire, à éviter toutes les occasions de la rencontrer. Il ne sortit plus, ne se montra plus nulle part. Des réflexions lui furent faites, auxquelles il répondit en prétextant tout ce qu'il pouvait imaginer. Mais il se sentait profondément triste.

Quelqu'un habitait maintenant sa solitude. Car il n'était plus seul.

Liliane était là, auprès de lui, à toute heure.

A toute heure, il revoyait ce visage de franchise et de loyauté, ces yeux si expressifs, et — il ne l'avait pas dit à Hector Parabier — à présent qu'il s'était habitué sans y prendre garde, comme un papillon qui se brûle à la lumière, à la retrouver partout où il allait, un abîme se creusait en son cœur depuis qu'il était privé d'elle.

Il n'avait pas pensé à l'amour... Jamais l'idée folle ne lui était venue qu'il pourrait aimer cette jeune fille. Lorsqu'il était entré chez Gervoise, si quelqu'un lui avait dit : « Sois prudent... Un grand malheur te menace... » il ne serait pas resté une minute de plus dans cette maison...

Oui, mais le mal était fait.

Il avait aimé Henriette... Qu'importait Henriette !

Elle ne lui avait apporté que des souffrances...

Elle avait brisé son avenir et compromis sa vie...

Tout cela était si loin... tout cela, amertumes, angoisses, tortures, n'existait plus, réduit en cendres au feu nouveau que ces beaux yeux de la jolie sauvage avaient allumé en lui.

Et elle s'était apprivoisée. Confusément, il redoutait cet amour, qui se montrerait d'autant plus dangereux qu'il serait naïf, sincère, sans soupçon de ses propres ravages.

Et voilà pourquoi, lorsque Liliane entra tout à coup dans le bureau de Gervoise et se trouva en face de Maurice, celui-ci trembla...

Elle n'avait guère l'habitude de venir ainsi chez son père adoptif. Qui sait si, dans sa ruse ingénue, la jeune fille n'avait pas appris l'absence de Gervoise, n'avait pas compté même sur la présence de Maurice ?

Il en eut le vague et rapide soupçon, et ce soupçon n'était pas pour lui donner beaucoup d'assurance.

Elle parut pourtant surprise en l'apercevant.

Les filles ne sont pas longues à posséder l'empire d'elles-mêmes.

Il s'était levé avec empressement, et ils restèrent une minute silencieux, pendant que, chez l'un comme chez l'autre, leur cœur battait en tumulte.

Puis elle balbutia :

— Je venais... je croyais trouver mon père.

— M. Gervoise est absent pour deux heures encore...

La conversation aurait pu se terminer là. Mais Liliane ne partit pas. Le silence qui, de nouveau, suivit, fut encore plus embarrassé, car il était si éloquent que ni l'un ni l'autre ne pouvaient s'y méprendre. Alors, tout d'un coup, et comme pour s'étourdir, la jeune fille se mit à parler très vite de toutes les fêtes auxquelles elle avait assisté en ces derniers temps. Parfois, elle s'arrêtait, espérant que Maurice allait parler à son tour, l'aider, et, le jeune homme se contentant de l'écouter, elle repartait de plus belle, mais ne faisait point mine de quitter le bureau.

Comme ils s'étaient rencontrés dans ces fêtes, Liliane et Maurice pouvaient en avoir des souvenirs communs. Lorsque ces souvenirs furent épuisés, devant le mutisme de Maurice, sa froideur, presque la malveillance qu'il affectait pour se mettre sur ses gardes contre toute faiblesse, elle fut un peu interdite.

Elle dit, pourtant, à la fin :

— Auriez-vous été souffrant ?

— Pourquoi, mademoiselle ?

— Je ne vous ai vu nulle part depuis quinze jours.

— Le monde me fatigue. Je ne puis m'y habituer. Je m'y efforce, et bien vite je reviens à ma vie de solitude et de travail...

Oui, mon père nous l'a dit. Vous comme moi.

— Comme vous ?...

— Un peu sauvage... Je ne me suis décidée qu'à grand'peine à paraître à toutes ces fêtes, ces soirées, ces bals...

— Rien ne vous y obligeait, dit-il avec ironie.

— Il est vrai... de même, sans doute, que, de votre côté, rien ne vous y attirait, ce qui fait que vous n'avez pas consenti à un bien grand sacrifice en restant chez vous ?

— En effet...

Elle se troubla un peu.

Elle l'attaquait directement, dans son innocente audace. Et lui, pour qu'elle le prît en haine, répondait avec impertinence, presque avec brutalité.

Et il n'était pas sans souffrir, car devant elle son cœur s'attendrissait. Il la voyait si belle... il sentait si bien la force vivace et redoutable de cet amour naissant... qu'il lui fallait en appeler à sa présence d'esprit pour se garer de l'ivresse qui montait à son cerveau et du sommeil qui engourdissait ses sages résolutions...

Elle reprit :

— Rien ne m'y obligeait... Mais peu à peu j'y ai pris plaisir... Des relations se créent... des amitiés naissent... on retrouve avec joie quelques visages qui sont plus sympathiques. On finit par former dans le monde un petit cercle... et mon père, ma mère et moi, nous avions cru, à votre empressement et à votre régularité, que vous alliez désormais faire partie de ce cercle... Il paraît, dit-elle avec un regard en dessous, que nous nous étions trompés et que ça ne vous a pas plu ?

— Je sais bien que M. Gervoise me veut beaucoup de bien et je serais très heureux si je pouvais lui en témoigner ma reconnaissance autrement que par de banales protestations...

— J'ai entendu dire à mon père que vous pouviez arriver à une grosse situation... mais que, pour cela, il ne fallait pas vous renfermer dans votre existence de solitaire... Puisque vous savez que mon père vous veut du bien, que ne lui obéissez-vous ?...

Il répondit avec ironie :

— Est-ce un conseil que vous voulez bien me donner, vous aussi, mademoiselle, dans votre expérience de la vie ?

Des larmes vinrent aux yeux de Liliane.

Il les vit et son cœur se brisa.

Mais les femmes, quelles qu'elles soient, ont l'intelligence de ces situations délicates et peut-être que la jeune fille comprit que cet homme se défendait, manœuvrait pour s'éloigner d'elle.

Elle refoula ses larmes.

Ce fut en riant qu'elle répliqua :

— Le suivriez-vous, si le conseil venait de moi ?

Il se sentit pris au piège.

Que répondre ?

Refuser, il ne le pouvait, sans attrister de gaieté de cœur, par une cruauté gratuite, cette charmante fille.

Accepter, c'était impossible.

Il courait au-devant du danger. La revoir, revenir à ces habitudes mondaines devenues chères à son cœur depuis qu'il s'en privait, puisqu'il se privait de Liliane, c'était ce qu'il ne voulait pas, ce qu'il n'avait pas le droit de faire...

Elle devina qu'elle venait de frapper juste et qu'il était gêné.

— Votre disparition a été si brusque, reprit-elle, que nous l'avons remarquée et que nous en avons été surpris... Nous avions pensé que vous aviez quelque chagrin... Est-il vrai ?

Il dit, sans penser qu'il roulait dans un abîme :

— Cela est vrai... j'ai du chagrin...

— Pourquoi, dès lors, ne pas le confier à ceux... à ceux qui vous aiment ?

Elle le regardait, ardemment. Il ne pouvait soutenir ce regard. Il avait l'air d'un accusé, d'un coupable, et devant elle il baissait les yeux. Son visage était altéré et son cœur le faisait souffrir tant il battait à coups précipités.

Elle continuait, victorieuse :

— Ce chagrin est-il si grand qu'il vous condamne à vivre seul, comme si vous aviez perdu un des vôtres ?

Il dit, à voix basse :

— N'insistez pas, je vous en prie, mademoiselle...

— Quelqu'un vous a-t-il manqué ?

— Personne, certes ! dit-il en relevant le front.

— N'êtes-vous pas heureux de recevoir des preuves d'affection ?

— Très heureux, trop heureux.

— Dès lors, suivrez-vous mon conseil, si je vous recommande de ne pas vous tenir, ainsi que vous voulez le faire, loin de nous ?

Il secoua la tête. Il avait peur.

— Non.. dit-il, la voix sourde.

Chose étrange !

Elle ne parut, cette fois, ni froissée, ni attristée.

Au contraire, il y avait dans son regard le même éclair de joie triomphante.

Ces brusques réponses, cette retraite, ces ironies, ce refus qui allait presque jusqu'à l'impolitesse, cette timidité, l'émotion qui envahissait le jeune homme, cet embarras visible, tout cela criait son amour...

Elle le considéra longuement, les lèvres souriantes, les paupières mouillées de tendresse, avec la certitude d'avoir vaincu...

Un cri montait du fond d'elle :

— Il t'aime ! Tu ne peux en douter, mais il se défend de t'aimer et jamais il ne t'en fera l'aveu.

Elle eut un geste de défi qui semblait répondre :

— Je l'y obligerai bien !

Elle se rapprocha de lui ; il la regarda venir avec une sorte de terreur.

— Vous refusez de suivre mon conseil ?

— Oui, oui, mademoiselle... je refuse... Pardonnez-moi...

— Et si je vous donnais un ordre, obéiriez-vous ?

— Je n'obéirais pas...

A voix basse, avec une douce ironie :

— Vous avez donc bien peur de moi, monsieur Bargeton ?

Il tressaillit, essaya de relever les yeux sur cette jolie tentatrice.

Mais ce fut pour le pauvre garçon une trop grande preuve de bravoure.

Elle jouissait de cette timidité et de cette confusion.

— Maintenant, dit-elle, je sais tout ce que je voulais savoir... Adieu, monsieur.

Elle tendit la main, Maurice la prit, balbutia quelques mots, puis, tout à coup, il aperçut au doigt de Liliane les deux serpents qui se mordaient, dans leurs entrelacements furieux.

L'amour de Liliane, ses épouvantes de l'avenir lui avaient fait oublier cette bague.

Il retrouva un peu sa présence d'esprit.

Il retint dans sa main, un court instant, les doigts de la jeune fille. Si légère que fût cette pression, elle était en même temps si imprévue, que Liliane se troubla.

Elle ne devinait pas ce qu'il allait demander.

Ce qu'elle recevait là, pour elle c'était une caresse... c'était, peut-être, l'expression instinctive d'un regret pour les paroles dures échappées à Maurice...

C'était quelque chose de tendre enfin...

Aussi elle ne prêta guère attention à la demande que lui faisait le jeune homme.

Elle n'y vit, dans cette demande, que le prétexte qu'il trouvait pour garder plus longtemps entre ces doigts cette petite main frissonnante et qui tremblait bien un peu, mais qui répondait doucent, par une pression peureuse, timi-.. à l'étreinte de Maurice...

— Voici une bague d'un travail range, se hasardait-il à dire.

— Oui... n'est-ce pas?... toute simple mais d'un art exquis et délicat.

Elle la fit glisser de son doigt et la lui ndit.

— Voyez !

Il la prit et l'examina.

Nul doute. C'était bien la même, celle de Villedieu peut-être, ou bien une bague en tout semblable, d'un modèle exactement pareil.

Il questionna, en simulant l'indifférence :

— Vous la possédez depuis longtemps ?

— Elle n'est pas à moi !... Je l'ai vue, un jour, par hasard, dans les bijoux de ma mère... et j'ai été frappée, comme vous, par ce travail... Je la lui ai demandée... Je crus même, à ce moment, qu'elle me la refuserait, car elle hésita à me la laisser prendre...

— Votre mère y tient beaucoup ?

— Je l'ai pensé ainsi et je lui ai promis d'en avoir soin.

— Et qu'a-t-elle répondu ?

— Oh ! elle a souri. Ce bijou ne peut avoir — regardez — qu'une valeur de souvenir et fait assez triste figure au milieu des joyaux et des diamants... Ma mère m'a dit en effet que cette bague était un héritage, et lui avait été rapportée de l'Inde par son père... cadeau d'un Hindou...

— Elle est unique, sans doute, et voilà ce qui en fait le prix !...

— Je l'ignore...

Elle dit, avec un reproche où entrait un peu de coquetterie :

— Cette bague semble vous préoccuper beaucoup, monsieur... Vous ne l'aimez pas ? Je ne la porterai plus...

Il souleva jusqu'à ses lèvres, en un élan irréfléchi, la main de la jeune fille, et effleura à peine d'un baiser les doigts mignons et recourbés.

Le baiser était bien léger, et pourtant elle chancela, comme frappée par la foudre.

Effrayé, désespéré de son imprudence, il murmura :

— Mademoiselle ! Mademoiselle !

Mais déjà elle était remise.

Et, coquette encore, redoutable dans sa naïveté innocente et franche :

— Remettez cette bague, dit-elle.

Elle tendit la main. Elle sentit les doigts hésitants, malhabiles de Maurice, dont la vue était troublée. Elle souriait. Tout cela était si clair, pour ce petit cœur de femme... Et quand il eut enfin réussi :

— Merci... J'espère que le jour de votre mariage, vous serez un peu plus adroit.

Et elle se sauva en riant, le laissant décontenancé et triste...

Il tomba sur un fauteuil et baissa la tête.

Très pâle, les yeux fermés, il rêvait. Et son rêve n'était pas gai, car, entre les paupières closes, deux larmes glissèrent.

Il murmura :

— Je suis perdu.

Quant à la bague et aux rapprochements étranges qu'elle lui inspirait, il avait déjà tout oublié...

Il aimait !...

Lorsqu'il eut cette révélation, il en fut tout à la fois heureux et profondément malheureux. Heureux, car cet amour qui venait de s'emparer si victorieusement de son cœur effaçait du même coup tous les pénibles souvenirs de celui d'Henriette. L'amour d'Henriette, maintenant, c'était pour lui comme un cauchemar. Etait-il possible qu'il eût aimé jusqu'à la souffrance la plus extrême et jusqu'au dévouement le plus sublime cette fille sans cœur, passionnée peut-être, mais qui, dans sa passion, n'avait vu que la distraction d'un amusement, sans se soucier de broyer une âme et de semer des ruines autour d'elle? Voilà pourquoi il sentait une grande paix descendre en lui.

Mais sa souffrance n'en était pas moins grande.

Où le conduirait l'amour de Liliane et l'entraînement irrésistible qu'il sentait pour elle?

A l'abîme, à la fuite, au mensonge, aux larmes!...

La visite de la jeune fille ne changea rien à son genre de vie : il ne suivit pas — le pouvait-il? — le conseil que Liliane lui avait donné.

Il n'obéit pas, non plus, à l'ordre qu'il en avait reçu.

Il s'enferma de plus en plus dans sa solitude, ne parut plus à aucune des fêtes où, agissant en dessous avec une ruse bien féminine, Liliane essayait de l'attirer.

Cette attitude fut même si visible qu'elle attira l'attention de Gervoise.

— Que se passe-t-il en vous? demanda-t-il un jour.

Maurice ne put répondre que d'une manière évasive.

Et comme Gervoise insistait, à quelques jours de là, — car l'intérêt qu'il portait au jeune homme s'était changé en affection, — Maurice répondit :

— Je m'ennuie un peu et il me semble que mon activité ne trouve pas ici son emploi.

— Voudriez-vous me quitter? demanda vivement Gervoise.

— Non certes, ce serait vous donner une preuve d'ingratitude; mais vous avez un peu partout, dans les Etats-Unis, des établissements métallurgiques; ne pourriez-vous m'y créer une situation?

— J'aurai mieux que cela à vous offrir dans quelque temps et je vous mettrai à la tête de mes ateliers du Michigan.

— Merci, merci, dit Maurice avec effusion.

Il ajouta, en hésitant :

— Pourtant, la création de vos ateliers ne nécessitera pas ma présence avant deux ans, au moins, et d'ici là...

— En un mot, vous désirez quitter New-York?...

Maurice ne répondit pas. Cette simple phrase, en précisant sa pensée brutalement, l'effrayait.

Quitter New-York, oui certes, il l'eût voulu, car il voyait le danger trop près de lui, et il avait peur d'y succomber.

Mais quitter New-York, c'était se condamner à ne plus jamais revoir Liliane, et déjà la blessure d'amour de son cœur était trop grande.

Il ne s'en voyait plus le courage.

Son seul confident était Hector Parabier. Hector savait tout.

Et il disait à Maurice :

— Je te plains, car tu es digne d'elle... Tu la rendras malheureuse par ta propre souffrance...

— Que faire?

— Le mal est profond. Je n'y vois plus guère de remède...

A quelque temps de là, Hector lui disait encore :

— Va-t'en... si tu ne te sens pas de force à lutter contre toi-même...

— Jusqu'à aujourd'hui, je n'ai pas de reproche à me faire. Cette enfant ne connaîtra jamais mon amour. Dès lors, je peux rester.

— C'est courir au-devant du chagrin.

— Dans ma souffrance je suis parfois heureux... puisque je suis près de Liliane.

— Tu n'es pas de taille à lutter contre elle... Les femmes sont plus fortes que nous. Elle fera si bien que tu te trahiras!...

— Non!

Hector Parabier hocha la tête.

Maurice voulut calmer ces craintes amicales :

— Du reste, je te le promets, ami... je m'en irai quand je me verrai vaincu...

— Alors, Maurice, il sera trop tard !...

Liliane, de son côté, fut patiente pendant quelques semaines. Elle s'attendait à cette disparition. Elle suivait de loin le drame de ce cœur d'homme, qu'elle avait cru deviner, et qui se débattait sans vouloir livrer son secret.

Puis elle perdit patience... en voyant que Maurice s'obstinait.

Puis elle eut de la colère, fut nerveuse...

Puis elle fut triste et pleura...

Enfin, elle se révolta un beau matin et murmura :

— C'est bon. Nous allons bien voir !

Pendant quelque temps, il ne se passa rien et la situation ne fut pas changée.

Sur le conseil de Parabier, Maurice Bargeton se tenait sur ses gardes, mais, tout en y réfléchissant, le jeune homme ne voyait pas d'où pourrait venir le piège où Liliane voulait l'entraîner.

Il finit même par se rassurer, en n'entendant parler de rien.

Liliane cependant poursuivit son idée.

Cette idée était toute simple.

Dans sa première entrevue avec Maurice, elle avait cru deviner, elle avait eu la presque certitude qu'elle était aimée.

Depuis elle s'était mise à douter.

Ce doute la faisait trop souffrir pour qu'elle se résignât à vivre plus longtemps dans cette angoisse.

Et elle avait résolu d'obliger Maurice à se trahir, sans rémission.

Son parti fut pris tout de suite et son projet conçu. Si elle ne l'exécuta pas sur-le-champ, c'est que justement, et par une diplomatie adroite, bien féminine — et que rendait charmante le but que se proposait la gentille amoureuse, — elle désirait enlever toute inquiétude à Maurice et le surprendre si bien qu'il s'avouerait vaincu.

Mais elle brûlait ses vaisseaux.

Elle n'avait pas encore osé se confier à Gervoise et à Jacqueline. Elle était certaine, du reste, que leur affection n'élèverait aucun obstacle devant cet amour impérieux et entier, si Maurice Bargeton était digne d'elle.

Digne d'elle ? Liliane, certes, n'en doutait pas. Mais, en somme, d'où venait-il, ce garçon, tombé du ciel, que personne ne connaissait ? Il avait beau paraître doué de toutes les qualités, il y a tant d'aventuriers adroits à dissimuler, que Gervoise et Jacqueline, lorsqu'ils seraient appelés à donner leur adhésion au projet de Liliane, seraient naturellement tentés de remonter un peu plus haut que l'arrivée de Maurice à New-York.

La jeune fille entreprit donc, avant d'exécuter son mystérieux projet, une démarche qui lui parut décisive.

Un soir qu'elle avait rencontré Hector Parabier, et bien que le jeune Français, imitant son ami, essayât d'éviter les occasions de lui parler, elle manœuvra de façon si naturelle qu'elle se trouva tout à coup devant lui, seuls tous deux dans un coin du salon, et qu'il fut obligé d'échanger avec elle quelques paroles.

Il croyait en être quitte avec des banalités aimables.

Et déjà il s'inclinait, prêt à s'éloigner, lorsqu'elle le retint d'un mot, qu'elle dit malgré elle, avec un sourire tremblé :

— Restez, monsieur Parabier, je vous en prie...

Il attendit, sûr qu'il allait être question de Maurice !.. Et il ne se trompait pas.

— Votre ami serait-il malade ?

Il fit l'étonné, les yeux au plafond, cherchant de qui elle pouvait parler.

— Mon ami ? dit-il... Excusez, mademoiselle, j'en ai tant...

— En avez-vous beaucoup de très intimes ?

— Mon Dieu, mademoiselle, l'intimité a tant de nuances... de la blancheur la plus pâle au noir le plus sombre...

— Dans quelle nuance placez-vous votre amitié pour M. Bargeton ?

— Dans le rouge le plus vif.

— Ce qui veut dire que vous l'aimez beaucoup ?

— Beaucoup.

— Et que vous lui portez beaucoup d'intérêt ?

— Ne l'ai-je pas prouvé en le plaçant auprès de M. Gervoise ?

— Pourquoi ne le voit-on plus ?

— Je crois qu'il est très occupé.

— Au point de négliger les relations ou les affections qui lui seraient utiles ?

— Ce n'est pas un mondain très ardent... et il préfère la causerie intime ou même la solitude à toutes ces soirées où son esprit se fatigue...

— C'est bien là le vrai motif de sa disparition ?

— Certes ! En connaissez-vous donc un autre, vous, mademoiselle ? dit Parabier, en simulant une surprise ingénue...

Elle haussa les épaules et frappa sa main gauche avec son éventail fermé. Un peu d'impatience se lisait dans ses yeux.

Puis, soudain :

— Oui, je sais une autre raison...

— Voudriez-vous me la faire connaître ?

— Je pense que ce serait une révélation inutile.

— En ce sens ?

— En ce sens que vous savez fort bien ce que je veux dire...

— Mais non !

— Nous jouons au plus fin, monsieur Parabier.

— Mademoiselle, je vous jure...

— Vous me jurez... faites bien attention à ceci... vous me jurez que votre ami ne m'aime pas ?

— Mais, mademoiselle, j'ignore, en vérité !...

Elle le regarda, ses grands yeux toujours brillants de colère. Lui, était démonté. Il essaya de trouver une phrase, balbutia des choses, sans trop savoir ce qu'il disait, et resta finalement silencieux — admirant, au fond de lui, cette âme ardente de jeune fille, de cette petite sauvage de la civilisation, admirant sa beauté, aussi, et souffrant un peu, à ce moment, de la souffrance de Maurice.

Elle dit, avec dédain :

— Vous ne jurez pas...

Il répliqua, avec une tristesse où elle devina comme un lointain reproche :

— Mademoiselle, je ne sais si Maurice éprouve pour vous un pareil et aussi vif sentiment, mais je puis vous assurer que tout homme, à sa place, ferait l'impossible pour ne point y succomber.

Elle se troubla. Elle garda le silence, un moment. Puis, à voix basse :

— Est-ce que c'est mal, ce que je viens de dire ?

— Non... S'il pouvait vous aimer, vous le rendriez fou de joie...

— Pourquoi ne le peut-il pas ?... L'obstacle vient-il de moi, parce que je suis une enfant abandonnée dont le père et la mère sont inconnus ?...

— Assurément non, mademoiselle... répondit Parabier.

— De lui, alors ?

— De sa volonté du moins.

— Me serais-je trompée ? dit-elle, frémissante et pâle... Ne m'aimerait-il pas ?... Serait-ce vrai ? serait-ce vrai, mon Dieu ?

Elle parut si torturée qu'il eut pitié.

Oui, il fut sur le point de s'écrier :

— Non, non, rassurez-vous, il vous aime éperdument.

Mais il se retint. Il ne le fallait pas. Le devoir était là.

— Monsieur, dit-elle, un mot seulement... Dites-moi si, dans sa vie, que vous connaissez, M. Maurice Bargeton n'a jamais eu de reproche à s'adresser...

— Aucun, jamais...

— Cela, vous pouvez, du moins, me le jurer ?

— Oh ! je le jure, et de grand cœur ! dit-il avec élan.

— Cela me suffit. Merci, monsieur.

Et ils se séparèrent.

Parabier ne voulut point rapporter cette conversation étrange à Maurice.

Mais il lui renouvela son avertissement :

— Prends garde... Elle te prépare une de ces ruses de femmes où les hommes les plus adroits vont tous donner tête baissée...

— Je serai prudent !

Mais sait-on jamais d'où part le coup de tonnerre qui doit vous foudroyer ?

Il y eut, durant ce même hiver, une fête de charité organisée par la colonie française de New-York pour venir en aide à tous les pauvres exilés de la mère patrie et destinée également à fournir des fonds à plusieurs œuvres de bienfaisance.

Parabier et Bargeton étaient, tous deux, commissaires de cette fête. Il n'y avait aucune raison ni aucun prétexte pour que Maurice n'y assistât pas.

Ensemble, ils examinèrent la situation.

Il était certain que Liliane y viendrait. Les plus jolies et les plus riches parmi les jeunes filles de New-York, qu'elles fussent ou non Françaises, n'y manquaient jamais. Et déjà l'on savait comment serait organisée la fête et que, parmi les boutiques et les comptoirs les plus élégants et les plus luxueux, Liliane vendrait des fleurs rares, cueillies dans les serres les plus renommées ou transportées à grands frais, pour un soir unique, des régions les plus lointaines et les plus favorisées.

— Si je n'y allais pas ? avait dit Maurice, au premier moment.

— Non, cela est impossible... M. Gervoise en serait froissé... Mais je serai là, et si tu as besoin d'un aide, nous serons deux...

Maurice murmura, accablé :

— Pourquoi faut-il que je me défende contre elle ?... J'en suis arrivé à la redouter comme si elle était mon ennemie...

— Oui, et j'ai peur d'une chose...

— Dis-moi tout...

— J'ai peur que tout ce que tu feras ne tourne contre toi... que tous tes efforts pour t'éloigner d'elle ne t'en rapprochent... que tout ce que tu tentes pour n'être pas aimé n'augmente, au contraire, son amour...

Maurice soupira.

— Et toi, mon ami, où en es-tu ? ajouta Hector.

— Oh ! moi, c'est bien simple.

— Ah !

— Oui, j'en suis fou, et je ne dors plus...

Depuis leur entretien dans le bureau de Gervoise, Liliane et lui n'avaient pas échangé une parole. Ils s'étaient aperçus de loin, par hasard. Et chacun des deux avait pu croire qu'ils ne s'étaient pas vus...

Enfin, arriva le soir de cette réunion charitable et mondaine.

L'originalité de ces fêtes est que des jeunes filles, choisies parmi les plus élégantes et les plus jolies, y tiennent des comptoirs où elles vendent des futilités à des prix exorbitants. C'est une façon de faire la charité en s'amusant. Et pourvu que l'on fasse la charité, qu'importe la manière ? Le but est atteint qui est de venir en aide aux pauvres et de soulager des malades. Il y avait des boutiques où l'on vendait des éventails en papier qui coûtaient bien cinq sous et qu'on se disputait à coups de dollars. Des cigarettes, des cigares, des pipes, s'enlevaient et se renouvelaient sans cesse. Des ouvrages de femme, plus délicats, des broderies, des dentelles de jeunes misses, étaient cédés à des prix qui eussent fait la fortune de plusieurs familles. Cravates, breloques, bijoux de fantaisie, mais sans valeur réelle, lingerie, jouets, articles pour les cotillons, des livres, des chromolithographies, des bonbons, des fleurs, des armes, des séries de vues photographiques, des albums, puis des raquettes de tennis, puis des cravaches, des éperons, des guêtres, des houseaux, tout ce que les organisateurs pouvaient ramasser de menus objets parfois vulgaires, parfois intéressants... L'objet n'était qu'un prétexte d'achat, et il se passait des folies devant certains comptoirs où des jeunes gens, millionnaires et en rivalité amoureuse, faisaient monter de dix dollars à dix mille un mouchoir de batiste au chiffre de celle qu'ils aimaient.

Liliane, nous l'avons dit, tenait une boutique de fleurs.

Sa boutique n'était pas, on le pense, la moins achalandée, la moins visitée.

Il y avait pour cela trois excellentes raisons : la première, c'est que la jeune fille était encore à peu près inconnue puisqu'elle avait fait tout récemment son apparition dans le monde : la seconde, c'est qu'elle était admirablement belle, d'une beauté étrange et comme imprévue. Il était difficile de rester indifférent à son regard, tout à la fois sombre et doux. Or, elle avait des soupirants dont deux, très sérieusement épris, s'étaient déclarés déjà à Gervoise et à Jacqueline. Liliane, d'accord avec son père et sa mère, avait fait répondre qu'elle voulait attendre avant de s'engager. Ce n'était ni un refus ni une acceptation. Et les amoureux n'avaient pas perdu toute espérance. L'un s'appelait Dorritt, riche éleveur de l'Arkansas, géant blond, aux yeux durs de cow-boy dont il avait les mœurs, brutal et débauché, querelleur, ayant la main malheureuse, car il avait tué toutes les fois qu'il s'était battu. Officier dans les rough-riders, lors de la guerre contre l'Espagne, il s'était distingué par sa bravoure folle et avait été blessé deux fois. L'autre était Karl Simons, dont les affaires financières venaient de consacrer la toute récente royauté, et qui, jeune encore, semblait parti pour rivaliser avec les plus fameux manieurs d'argent. Karl Simons, nerveux, travailleur, de mœurs irréprochables, était bien le représentant de cette forte race intelligente et audacieuse, appelée aux plus hautes destinées.

Enfin la troisième raison qui attirait l'attention générale des hommes, des femmes, mais surtout des jeunes gens, autour du comptoir de la jolie Française, c'est qu'elle était, c'est qu'on la savait extrêmement riche. Elle valait, pour employer l'expression américaine, d'une part l'héritage de vingt millions laissé par le bon Robert Robertson, en dehors même des dix millions de bijoux qui devaient entrer dans sa corbeille de noces, et d'autre part tout ce que Denis Gervoise lui attribuerait en dot. Or, on savait Gervoise très riche et soutenu, dans toutes ses affaires et dans toutes ses inventions, par un bonheur constant, une chance qui ne s'était jamais démentie.

Dès l'ouverture de la fête, le comptoir de Liliane fut assiégé. Elle ne vendait pas de bouquets, elle ne vendait que des fleurs séparées, une à une, et Dieu sait à quels prix fantastiques elles montèrent.

Karl Simons et Dorritt avaient donné le branle, en dévalisant la gentille fleuriste de tous ses œillets, les uns rouges, les autres blancs.

Les œillets rouges avaient été distribués par Simons à tous ses amis qui les mirent à leurs boutonnières comme un signe de ralliement en cas de bataille.

Les œillets blancs sous la direction de Dorritt avaient suivi le même chemin à la boutonnière de tous les partisans de l'ancien officier des Rough.

Une fortune s'amassait à coups de dollars ou de bank-notes dans le sac en peau de chagrin où Liliane entassait pêle-mêle or, argent et billets, et rapidement la boutique se vidait.

Une fois vide, elle ne pouvait plus se remplir, car on était en plein hiver et les fleurs étaient rares. Celles qui étaient offertes par la jeune fille avaient, nous l'avons dit, été choisies dans les serres les plus riches, ou venaient de régions éloignées où le soleil est clément.

Liliane prêtait peu d'attention à ce qui se passait, et son succès paraissait lui être indifférent.

Elle faisait son gentil métier avec un sourire, le même sourire banal pour tous, et un peu triste.

Et parfois dépassant la cohue qui affluait devant elle, son regard allait chercher dans la foule, au long des autres comptoirs, le seul homme qui eût troublé son cœur, Maurice Bargeton.

Lorsqu'elle était entrée, il était allé la saluer. Ce fut tout. Elle avait compté qu'il lui offrirait le bras jusqu'à son comptoir. Elle se trompait et ce fut Parabier qui la conduisit.

Elle en éprouva une nouvelle souffrance, car l'intention de Maurice d'éviter avec elle toute explication était évidente.

Mais lorsqu'il l'avait saluée, en lui adressant quelques mots de politesse vague, elle l'avait vu si troublé, si pâle, qu'elle oublia sa propre douleur devant la douleur de celui qu'elle aimait.

Un seul doute était resté en elle.

Pour la fuir ainsi il fallait que son passé ne fût pas irréprochable.

Et c'est pourquoi elle avait interrogé Parabier.

Or, Parabier l'avait juré : Maurice était sans reproche.

Dans ces conditions, qu'avait-elle à craindre en s'abandonnant tout entière à l'amour qui l'entraînait ?

— Parce qu'il est pauvre et parce que je suis riche ? pensait-elle.

La jeune fille en haussait les épaules. Elle n'était rien. Elle n'avait même pas de nom ! Elle ne savait qui était son père, ni qui était sa mère. Et sa fortune, elle la devait à la charité royale d'un étranger que le hasard avait fait passer dans sa vie.

Elle murmura :

— Si ce n'est que cela !

Oui, mais n'était-ce que cela ? Une peur, au fond, faisait naître le pressentiment qu'il y avait autre chose... Mais quoi ?

Elle attendit longtemps, à son comptoir.

— Il viendra ! Il ne peut pas ne point venir !...

Certes, il le fallait. Il s'en rendait compte. Autrement, tout le monde se fût aperçu du soin qu'il prenait à ne point s'approcher de Liliane.

Mais comme il hésitait !

Dix fois, il fut sur le point de se décider.

Et puis, il s'en allait, se laissant emporter par la foule, entraîner au loin, se retrouvant tout à coup au fond de la salle de la fête, triste ; mais si loin qu'il fût, quand, malgré lui, il tournait le regard vers le comptoir de la jeune fille, il n'était pas longtemps sans voir les beaux yeux se diriger vers lui.

Et il comprenait ce qu'ils disaient. Ils disaient :

— Vous seul existez pour moi... Ici, parmi toute cette foule, je ne vois que vous !...

Enfin, elle remarqua qu'il prenait une résolution. Les clients qui avaient assiégé son comptoir s'égrenaient, pour revenir tout à l'heure, il est vrai, mais elle se trouva seule, pendant quelques secondes.

Et il s'avança furtivement, tremblant, craintif.

Dé toutes les brassées de fleurs au milieu desquelles, fleur plus admirable, éclatait de jeunesse et de fraîcheur la gentille Liliane, il ne restait plus qu'une centaine de boutons de roses

Elle l'attendit, son cœur cessant de battre.

— Mademoiselle, dit-il, je voudrais...

Il s'arrêta. Il ne pouvait dire rien de plus. L'émotion l'étranglait.

— Il ne me reste que des roses, monsieur Bargeton... Vous venez si tard !

D'une gerbe parfumée, elle détacha un bouton.

Elle lui tournait le dos.

Lorsqu'elle eut la fleur dans la main, elle se baissa un peu, et, soudain, il vit, à demi fou de bonheur et de douleur à la fois, qu'elle venait d'y mettre un baiser...

Un instant, une seconde, les lèvres et la fleur se confondirent, si bien qu'on n'aurait pu dire où commençait la fraîcheur de la rose, où finissait la fraîcheur des lèvres.

Elle la tendit, souriant faiblement.

Et pour colorer sa hardiesse, et pour se la faire pardonner, elle se hâta d'ajouter :

— C'est une rose de France... elle vous en paraîtra plus précieuse !

Il glissa quelques pièces d'or et s'éloigna, chancelant, étourdi.

Si courte qu'eût été cette scène, et si caché qu'eût été ce joli geste d'amour, ils avaient eu deux témoins.

Deux témoins intéressés à ne guère abandonner Liliane...

Dorritt et Karl Simons.

Ils s'approchèrent vivement...

Simons restait calme, mais Dorritt poursuivait Maurice d'un regard froid, inquiet au fond.

Les deux rivaux se demandaient s'ils avaient bien vu...

Alors, Liliane comprit qu'elle venait de commettre une imprudence...

Et, hardie dans son amour, elle se jeta au milieu du danger, en désespérée.

Dorritt s'était emparé d'un des boutons de roses.

— Cinq cents dollars pour vos pauvres, mademoiselle, si vous traitez cette fleur comme vous avez traité celle qu'emporte M. Bargeton...

Karl Simons s'approchait à son tour :

— Mille dollars pour vos pauvres, mademoiselle, si vous voulez bien me donner l'une de vos dernières roses, et mille dollars encore si vous voulez bien l'approcher de vos lèvres...

— Deux mille dollars pour l'un et pour l'autre...

— Cinq mille dollars pour le baiser...

— Dix mille si le baiser n'effleure que l'une de ces deux roses et dédaigne la seconde... indiquant ainsi que mademoiselle Gervoise a des préférences.

— Soit, dix mille dollars pour que le baiser soit unique, et dix mille dollars pour la fleur qui aura reçu, pendant une seconde, la caresse de vos lèvres...

Liliane, d'abord, était restée souriante.

Maintenant, elle était toute pâle.

Les deux acheteurs s'animaient, se défiaient, dans une lutte qui débutait pacifiquement, mais qui pouvait se terminer par une tragédie.

Des hommes, en grand nombre, venaient d'être attirés par ce qui se passait.

Ils se groupaient derrière les deux rivaux, laissant une certaine distance seulement pour que ceux-ci fussent libres d'agir.

Les œillets blancs se massaient derrière Dorritt.

Les œillets rouges étaient tous, attentifs, derrière Karl Simons.

Tout d'abord, ce ne fut qu'un jeu inoffensif, en somme, et ces enchères pour un baiser, qui prenaient des proportions fantastiques, ne pouvaient que profiter aux pauvres.

Mais si Karl Simons était calme, froid, pondéré, Dorritt était violent, et il y avait tout à redouter de sa violence.

Déjà il donnait des signes d'irritation.

Sa lèvre forte se retroussait comme celle d'un tigre en colère, et sur son visage entièrement rasé passait une pâleur de mauvais augure.

Le mouvement général de curiosité qui se fit dans la foule eut sa répercussion sur Maurice.

Le jeune homme s'était éloigné de Liliane extrêmement troublé, et comme tout bourdonnait dans son cerveau, il ne s'aperçut de rien au premier abord.

Arrêté dans un angle de la salle des fêtes, il se mit à regarder machinalement vers le comptoir tenu par la fille de Jacqueline.

Du monde s'y pressait.

Mais il ne devina rien.

Il avait vu, depuis le début, tout le succès de la Française.

On dévalisait sans doute ce qui lui restait de fleurs : voilà tout.

Mais tout à coup il tressaille.

Une main vient de se poser sur son bras.

C'est Hector Parabier.

— Que se passe-t-il donc ? fit-il à voix basse.

— Ce qui se passe ?

— Oui.

— Où cela ?

— Au comptoir de Mlle Gervoise.

— Je ne sais. Je viens de m'y arrêter. Je n'ai rien vu...

— C'est possible : mais regarde et écoute.

Dorritt à ce moment disait de sa voix rauque où il y avait de l'insolence :

— Un dollar de plus pour la fleur... et dix mille dollars de plus pour le baiser qu'elle m'apportera.

Et il ajouta avec un regard circulaire de défi :

— Je ne tiens pas à la fleur. Je ne tiens qu'au baiser...

Maurice pâlit affreusement.

— Ah ! murmura-t-il... la pauvre enfant aura été vue !

— Qu'y a-t-il ? fit Parabier... Je ne sais rien, moi... Parle vite.

Maurice raconta ce qui s'était passé, la fleur caressée d'un baiser et offerte ainsi...

— Quelle imprudence ! dit Hector...

— Je ne la laisserai certainement pas en face de ces deux hommes...

— Que veux-tu faire ?

— Je l'ignore... Elle m'aime... je l'aime... ma présence est là-bas !...

— Songe, ami, songe qu'il ne faut pas qu'elle sache que tu l'aimes... que cet amour est impossible... que cela ne peut que vous rendre malheureux tous les deux à tout jamais... songe...

Mais Maurice ne l'écoutait plus.

Il se dégageait de l'étreinte amicale de Parabier et se dirigeait vers le groupe qui ne cessait d'augmenter devant le comptoir de Liliane.

Il s'y glissa lentement d'abord pour ne pas attirer l'attention sur lui ; du reste, comme il avait à la boutonnière les insignes de commissaire aux couleurs française et américaine et qu'en somme son devoir pouvait l'amener là où il y avait un commencement de désordre, on lui faisait place sans s'étonner autrement de son insistance. Parfois, arrêté par un groupe plus compact de hautes et larges épaules d'hommes, il ne voyait plus rien du comptoir.

Tout disparaissait, les deux rivaux, les fleurs et, au milieu des fleurs, Liliane pâle, éperdue, et quand même bravant la tempête. Mais une parole de politesse faisait écarter les larges épaules. On lui cédait et ce fut ainsi qu'il arriva au premier rang.

L'espace entre les spectateurs de cette scène et les deux hommes qui l'avaient provoquée n'existait plus, les premiers rangs l'ayant finalement envahi dans la poussée de ceux qui par derrière arrivaient sans cesse et voulaient voir...

Or, à cette même minute, Liliane aperçut Maurice.

Son visage changea. Sa pâleur disparut. Elle respira longuement. Un peu de protection lui venait devant ces deux

La fête de charité, organisée par la colonie française, s'annonçait brillante.

Autour du comptoir de Liliane, les plus folles surenchères se succédaient.

Sur la rose de France qu'elle destinait à Maurice, Liliane avait mis un baiser.

Film Pathé. Production Ermolieff.

Dorritt, ayant chargé son revolver, descendit au jardin, suivi de Bargelon.

hommes qui, à coups de dollars, se disputaient l'effleurement de ses lèvres sur un bouton de rose.

Karl Simons et Dorritt n'avaient pas perdu leur sang-froid.

Ils surprirent le regard de Liliane et suivirent sa direction. Alors ils reconnurent Maurice.

Karl Simons resta impassible.

C'était un homme de haute probité. Il disputerait la jeune fille à quiconque se présenterait pour la lui prendre, mais il ne concevait aucune haine contre le jeune homme qui, le premier, avait paru être distingué par elle.

La lutte était de bonne guerre, mais elle était loyale.

Dorritt, au contraire, échangea un coup d'œil avec Maurice. Si prudent que fût celui-ci, si grande que fût sa volonté d'éviter un esclandre, ce fut un défi, une provocation nette et très claire.

Du coup, ces deux hommes se haïrent mortellement.

Et Liliane qui surprit cet échange de haines se sentit froid au cœur.

Simons et Dorritt ignoraient la situation de fortune de Bargeton.

Si Bargeton était riche et si, comme eux, il était prêt à jongler avec les dollars et avec les bank-notes, il allait se mêler à ces folles surenchères et surenchérir de son côté.

Dorritt se tourna vers lui.

Et ce fut bien intentionnellement qu'il dit d'une voix insolente :

— Monsieur Bargeton désire être des nôtres ?... Il y a un dollar pour la fleur et trente mille pour le baiser...

Maurice était pauvre.

Il envoyait à ses vieux parents en France tout ce qu'il économisait sur ses appointements.

Il dévora l'insolence.

Ses yeux se troublèrent.

Il essaya de sourire, mais il ne répondit pas.

Dorritt eut un geste de triomphe. Il lui tourna le dos ; le rival était pauvre : il ne valait même pas trente mille dollars.

Dès lors, pour Dorritt, Bargeton ne comptait plus...

Le baiser de Liliane sur la fleur donnée à Maurice, ce n'était qu'une amourette sans conséquence et qui ne pouvait avoir de suite...

Personne, dans la foule, ne devinait le drame qui se passait. On ne voyait là qu'une idée originale d'une jeune fille qui avait voulu ainsi faire œuvre de charité. Or, les Américains, comme les Anglais, aiment les idées originales et même excentriques.

On l'approuvait...

Liliane ressemblait à une statue, une fleur à la main...

Dorritt regarda Karl Simons :

— Je mets deux dollars pour la fleur et cinquante mille dollars pour le baiser.

Bien que la plupart des gens qui se trouvaient là fussent millionnaires, il y eut quand même un frémissement dans la foule.

On considéra Dorritt non avec admiration, mais avec intérêt.

Il y eut un moment de silence.

Karl Simons hésita. Il eut un sourire un peu contraint. Il ne faisait pas profession d'excentricités.

Il s'inclina légèrement devant Liliane.

Et dans cette marque de déférence, il y avait une nuance de regret.

Il attendit...

Dans la foule... une sorte de bourdonnement... des allées et venues. Un moment les groupes se confondirent : œillets blancs et œillets rouges, qui s'étaient séparés, ne formèrent plus qu'une masse où nombre de réflexions s'échangèrent.

Dorritt les dominait tous de sa haute taille.

Tout à coup on le tira par le bras avec une sorte d'insistance.

Le géant baissa les yeux et vit, moins grand que lui de toute la tête, Maurice Bargeton.

Les yeux de Maurice brillaient d'une sorte de folie.

Et Liliane qui, malgré la foule, le suivait, ne le perdait pas de vue, Liliane, en voyant, entre les deux hommes, ce colloque qu'elle ne pouvait entendre, mais où elle devinait quelque chose de grave, peut-être une menace, une querelle, un danger de mort, Liliane eut peur... et sa main, qui tenait la fleur pour laquelle les deux hommes allaient se battre et se tuer, la rose délicate sur laquelle du sang tomberait, sa main qui tenait la fleur se baissa lentement, comme fatiguée par un fardeau trop lourd...

— Monsieur ? faisait Dorritt, surpris et arrogant.

Très froid, sans le moindre trouble apparent, et comme s'il allait discuter la chose du monde la plus naturelle, Maurice disait à voix basse :

— Monsieur, une question ?

— Une seule, car le temps me manque. Vous désirez ?

— Savoir ceci : à combien estimez-vous ma vie ?

— Peu de chose.

Et le colosse haussa les épaules.

Maurice remarqua que Liliane le regardait et semblait guetter ce qui se passait entre eux.

Alors, pour éloigner tout soupçon chez la jeune fille, il se mit à rire.

— Je voudrais vous échanger ma vie, pourtant...

— Contre quoi ?

Les deux hommes n'avaient pas eu besoin d'un plus long colloque pour se sentir ennemis — et ennemis irréconciliables.

— Voici, dit Bargeton. Demain, à deux heures du soir, vous tirerez sur moi trois coups de revolver, à trente pas.

— Un seul suffirait... Je ne manque jamais mon homme... Jamais, vous entendez bien ?...

Maurice resta souriant.

— Je vous en donne trois quand même... car, écoutez bien ceci : votre main tremblera... vous aurez peur...

— Vous êtes fou... faites votre testament ce soir et arrangez vos petites affaires... Vous m'offrez votre vie. Je la prends. Mais moi, que vous donnerai-je en échange ?

— Vous quitterez ces surenchères qui me déplaisent...

— Oh ! oh !

— Oui, elles me déplaisent, reprit tranquillement Maurice... et elles gênent et froissent cette jeune fille...

— Aviez-vous le même scrupule tout à l'heure, lorsqu'elle vous remit un bouton de rose qui vous apportait son baiser ?

— Vous quitterez ces surenchères, et, dès demain matin, avant notre rencontre, vous enverrez, à dix heures exactement, à Mlle Gervoise un chèque, à mon nom, de cent mille dollars.

Dorritt hésita, partagé entre sa haine contre l'homme en qui il devinait un rival — et un rival heureux — et cette fleur, triomphe d'orgueil, qu'il voulait arracher à prix d'or à la Française, sous le regard de la foule.

La haine fut la plus forte.

Détruire cet homme, c'était une occasion qu'il ne retrouverait peut-être pas.

Quant à son amour-propre, il saurait bien lui donner une revanche.

Maurice appuyait :

— Il est bien entendu que, puisque je risque ma vie, cette somme restera acquise aux pauvres de Mlle Gervoise... que vous m'ayez tué ou que vous m'ayez manqué...

Ce dernier mot : *manqué*, frappa l'Américain dans un autre genre d'orgueil, celui du tireur...

Il dit brutalement :

— Demain, à deux heures, vous serez mort.

— Vous acceptez donc ?

— Oui.

— Très bien. Vous êtes rond en affaires. Mais je vous préviens, dit Maurice tranquillement, que vous faites un marché de dupe, car je vous répète que votre main tremblera et que vous ne me toucherez pas...

Dorritt eut un rire bruyant.

Tout cela avait été dit à voix basse, rapidement, en quelques secondes.

Personne, autour d'eux, n'avait entendu, dans le brouhaha.

Puis, de nouveau, le silence se fit.

Karl Simons ayant renoncé à la lutte, Dorritt restait vainqueur, et il allait recevoir, des mains de Liliane, le prix de la victoire.

Alors, il y eut un coup de surprise.

Maurice s'avançait.

Et avec un sourire, s'adressant à Liliane et à Dorritt :

— J'offre cent mille dollars de cette fleur, dit-il.

Tous se taisaient. Il y eut, vraiment, quelques secondes solennelles.

Dorritt se mordit les lèvres jusqu'au sang.

Mais il ne dit mot.

Puis, brusquement, il tourna le dos et disparut.

Lentement, aux applaudissements de ceux qui, sans en deviner les dessous, avaient suivi cette scène étrange, Liliane porta la rose jusqu'à ses lèvres, qui l'effleurèrent d'un baiser chaste.

Et elle la tendit à Bargeton.

Mais ce fut trop d'émotion pour la jeune fille.

Elle sentit un voile qui obscurcissait son regard. Une chaleur brûlante montait à son front, suivie aussitôt d'un froid de glace. Elle perdit connaissance.

Un quart d'heure après, lorsque Liliane, transportée dans sa voiture, eut été reconduite chez elle par son père, Maurice quittait la fête.

Karl Simons était venu à lui et lui avait dit :

— Je vous envie, monsieur, mais prenez garde à Dorritt.

Quant à Parabier, il était au comble de l'inquiétude.

Il interrogea vainement son ami.

— Voyons, que s'est-il passé entre toi et cet homme ?

— Mais rien, je t'assure.

« Il n'a pas voulu mettre au-dessus de cent mille dollars...

« Dame ! tu sais, un demi-million pour un bouton de rose, c'est une somme ! On a beau être riche... on a le droit d'hésiter.

— Mais, toi, toi ?

— Eh bien, qu'est-ce que j'ai fait, moi ? dit Maurice en souriant.

— Où la trouveras-tu, cette somme, malheureux ?

— Elle est trouvée.

— Comment cela ?

— Oui, là, tout à l'heure...

— Voyons, Maurice, je t'en prie, explique-toi.

— J'ai parié cent mille dollars à Dorritt qu'il ne pousserait pas plus haut sa surenchère...

— Et tu as gagné ?

— Oui, haut la main... tout de suite... tu as bien vu ?

— Tu sais que je ne comprends pas un traître mot à cette histoire ?

Maurice lui serra les mains avec tendresse.

— Tu n'as pas besoin de comprendre autre chose que ceci : j'ai empêché cette fleur et ce gentil baiser, ce joli gage d'amour, de s'en aller à cette espèce de cow-boy brutal, débauché et ivrogne... Cela m'a coûté cinq cent mille francs... Ce n'est pas trop cher...

« Et demain à dix heures, les cent mille dollars seront remis à Liliane, pour ses pauvres... Voilà !...

« Je suis comme Titus : je n'ai pas perdu ma journée...

Et Parabier ne put en tirer d'autres explications.

VII

LILIANE MALHEUREUSE

Liliane était encore au lit, remise à peine, lorsqu'on lui apporta le chèque de Dorritt, au nom de Maurice Bargeton.

Jacqueline et Gervoise étaient auprès d'elle.

Ils avaient été fort alarmés, car, pendant toute la nuit, la jeune fille avait eu une forte fièvre. Le matin, seulement, ils s'étaient rassurés. En effet, elle était plus calme. La fièvre avait disparu.

Ils n'avaient pas voulu l'interroger encore.

Quelques détails des incidents de la fête de charité étaient parvenus jusqu'à eux, mais ils ne les comprenaient pas bien.

Comment étaient nés les incidents ? Voilà ce qui leur échappait.

Lorsqu'ils virent que Liliane semblait tout à fait calme, ils s'approchèrent de son lit.

Et Denis, lui offrant le chèque :

— Voici toute une fortune pour tes pauvres... Et maintenant veux-tu nous dire comment il se fait qu'elle te vienne, cette fortune, de M. Bargeton ?... Comment Dorritt se trouve mêlé à tout cela ? et comment tu as pu vendre l'une de tes fleurs à un prix aussi exagéré ?... C'est une folie... mais une folie a sa cause... quelle cause, chère enfant ?...

Elle avait soulevé sa jolie tête pâle, en écoutant.

Elle semblait réfléchir, coordonner ses idées, se rappeler tous les menus détails qui s'étaient déroulés sous ses yeux.

Après quoi :

— L'explication que vous me demandez, père, je ne puis vous la donner, car je ne comprends qu'une partie des choses auxquelles j'ai assisté — oui, une partie seulement — le reste m'échappe...

— Dis-nous du moins ce que tu sais.

— Oh ! oui, la vérité, la vérité tout entière...

Et tout à coup ses yeux s'emplirent d'une sorte de langueur. En même temps une rougeur ardente colorait ses joues.

Pour la première fois, son amour allait être connu... Pour la première fois, son doux secret allait sortir de son cœur... Jusque-là tout cela avait été enveloppé du plus profond mystère... Mais aujourd'hui c'était fini... Est-ce que, déjà, Karl Simons et Dorritt ne le partageaient pas, ce secret ?...

Elle dit, douce, fermant les yeux :

— J'aime... j'aime de toutes mes forces !

Jacqueline et Denis échangèrent un regard un peu inquiet.

Un jour, pour taquiner sa femme, Gervoise ne lui avait-il pas dit :

« Quand elle se mettra en tête d'être amoureuse, si, par malheur, ça ne nous plaît qu'à demi, gare là-dessous ! Elle nous donnera du fil à retordre ! »

Et Jacqueline avait répliqué, en soupirant :

« Je le pense comme toi. Elle n'aimera qu'une fois, mais ce sera à en mourir ! »

Et voilà que tout à coup Liliane venait de leur avouer, dans la grave franchise de son cœur chaste, qu'elle aimait — qu'elle aimait de toutes ses forces.

C'était à Jacqueline, surtout, qu'elle avait paru s'adresser. La fille qui aime cherche d'abord protection auprès de sa mère.

Et ce fut la mère qui demanda :

— Qui aimes-tu ? Le connaissons-nous ?

— M. Bargeton !...

Jacqueline ne fut pas surprise. Maurice lui était sympathique et son mari ne lui avait pas caché l'intérêt qu'il pertait au jeune homme, sans toutefois rien révéler d'un passé qu'il avait deviné du premier coup, mais dont Gervoise estimait que le secret ne lui appartenait pas.

Chez Denis, il y eut non seulement de la surprise, mais de l'effroi. Oui, de l'effroi. Sans être superstitieux, il se demanda si c'était vraiment le hasard et non une volonté supérieure qui, tout d'abord, avait amené chez lui Maurice Bargeton et si ce n'était pas ce même hasard ou cette même volonté qui avait fait aimer ce jeune homme par Liliane. Car Denis avait un remords, celui de n'avoir pas dit, en plein tribunal, ce qu'il avait jadis découvert sur le meurtre de Villedieu. Et ce qui se passait maintenant n'était-ce pas la revanche de la Destinée ?

Le problème redoutable se posait devant lui.

Et ce problème, c'était lui qui avait aidé à le créer.

Donnerait-il Liliane, qu'il aimait comme sa fille, si tendrement, à un homme sur lequel pesait, en dépit de l'acquittement, une accusation redoutable dont il n'était pas parvenu à se disculper complètement ?

S'il passait outre, s'il la donnait, comment le monde auquel il était lié accepterait-il une pareille union ? Et comment Liliane, elle-même, lorsque le secret lui serait révélé, supporterait-elle un pareil malheur ?

Puis il avait à compter avec Jacqueline, aussi.

De là son trouble, de là son effroi.

Comme Gervoise restait silencieux et que Jacqueline regardait sa fille avec un doux sourire, Liliane s'enhardit.

— Du moins, tu ne lui as pas laissé voir que tu l'aimes ? disait la mère.

— Si... Et j'ai essayé de savoir également s'il m'aimait...

— Alors ?

— Alors, je crois, oui, je le crois malgré tout ce qu'il a fait pour m'éviter... malgré son indifférence, malgré sa froideur... qui m'ont tant fait souffrir.

— Il ne t'a rien dit ?

— Rien.

— Et toi ? Qu'as-tu dit ? Qu'as-tu fait ? Quelles imprudences as-tu commises ?

Elle n'avait pas eu même la pensée de mentir. Elle avoua tout : comment elle avait aimé Maurice, comment elle avait pris goût au monde où elle espérait le rencontrer, comment elle s'était imaginé qu'il venait pour elle aux fêtes où il était sûr de l'apercevoir et de lui parler. De la bague aux serpents enroulés il ne fut pas question. L'enfant ne pouvait deviner que le premier sentiment qui avait attiré Maurice vers elle avait été celui de la curiosité. Puis brusquement, il s'était éloigné. Brusquement, il s'était enfermé dans sa solitude. Alors, un jour, elle avait eu avec lui un entretien. Elle croyait qu'elle avait remué cette âme. L'âme ne s'était pas livrée, mais s'était trahie. Elle en avait été bien heureuse. Puis l'ambition lui était venue. Elle avait voulu obliger Maurice à manifester son amour. Et pendant cette fête de charité, oui, c'était vrai, elle l'avouait, elle avait été imprudente, elle en demandait pardon...

— Qu'as-tu fait ?

Liliane rougit, raconta... timide...

Sans réfléchir, elle avait effleuré d'un baiser la fleur qu'il achetait pour les pauvres.

Et elle la lui avait tendue, ainsi enrichie de ce joyau inestimable.

Dorritt et Karl Simons l'avaient vue. Et tous deux s'étaient acharnés à vouloir arracher d'elle une fleur pareille, avec un pareil baiser.

Alors, Maurice, survenant, avait payé le tout d'une fortune...

Jacqueline resta silencieuse, après le récit.

Quant à Gervoise, il paraissait de plus en plus soucieux.

— Cent mille dollars, dit-il... un demi-million de notre monnaie de France !... Et Bargeton est pauvre, je le sais !... Et c'est un chèque de Dorritt qui vient de payer une pareille somme !... Comment Dorritt la devait-il à Bargeton ?

Liliane redevint pâle. Elle murmura :

— Ils ont échangé quelques mots... Oh ! cela me parut bien long !... mais je ne sais pas ce qu'ils se sont dit !!...

— Semblaient-ils se provoquer ?

— Non... tous deux riaient...

— Peut-être voyaient-ils que tu les épiais... Que s'est-il passé entre eux ? Il est évident que le payement de ces cent mille dollars vient de là...

— Si tu interrogeais M. Bargeton ?

— Il ne parlerait pas. Du reste, j'ai reçu de lui, à la première heure, un mot dans lequel, tout en s'excusant, il me demande la liberté pour sa journée tout entière... Je ne le verrai donc que demain... Demain, je ferai près de lui une tentative... J'ai peur de quelque coup de tête...

Liliane frissonna :

— C'est ma faute, murmura-t-elle...

— Oui, mon enfant. Nous ne te ferons pas de reproches... tu dois te les adresser à toi-même... Te voici malheureuse par ton imprudence, et nous aussi nous sommes malheureux parce que nous te voyons pleurer...

— Par Dorritt, ne pourrait-on rien savoir ? Et si quelque malheur nous menace, ne serait-il pas encore temps de l'empêcher ?

Gervoise secoua la tête.

— S'il y a une querelle, un projet entre ces deux hommes, dit-il, ni l'un ni l'autre ne me prendra pour confident... Et même, ils mentiront, afin de ne pas nous alarmer...

— Ainsi, il faut attendre ?

— Oui.

Elle dit, à voix basse, toute tremblante :

— Peut-être vont-ils se battre !

Gervoise, cette fois, ne répondit plus. Il avait, en effet, la conviction qu'un duel se préparait entre les deux hommes.

— Attendre ! attendre ! murmura l'ardente fille.

Et ses paupières voilèrent l'éclat de ses grands yeux sombres.

Quelques minutes après, elle parut s'endormir. Jacqueline et Gervoise sortirent, sans faire de bruit. Ils avaient besoin d'être seuls pour causer entre eux de la situation nouvelle que créait tout à coup l'amour de Liliane.

A peine étaient-ils sortis que celle-ci ouvrait les yeux.

Elle ne dormait pas.

Elle se leva rapidement et, entendant du bruit dans la chambre voisine, elle entr'ouvrit, avec précaution.

C'était Jenny, sa femme de chambre, qui rangeait et époussetait.

Liliane fit un signe :

— Viens, Jenny...

La femme de chambre s'approcha.

— Vite, aide-moi à me coiffer, à m'habiller...

— Je croyais Mademoiselle très malade ?

— Ce n'était rien, je suis guérie... Vite, vite... je veux sortir...

Et pendant que Jenny l'habillait, d'une voix troublée, l'enfant continuait :

— Je veux sortir sans qu'on me voie, tout de suite... Tu viendras avec moi... Nous serons rentrées avant qu'on se soit aperçu de notre absence... Vite, vite... dit-elle fiévreusement, tout agitée de frissons.

— Dois-je faire atteler une voiture ?

— Non, nous prendrons un cab...

Une demi-heure après, Liliane était prête. Elle feuilleta rapidement un livre d'adresses. Elle y trouva sans doute ce qu'elle cherchait, car elle le referma aussitôt et dit à Jenny :

— Viens, partons !

En bas, Jenny arrêta un cab. Elles montèrent. Liliane donna l'adresse au cabman. C'était tout à l'extrémité de

Broadway. En entendant cette adresse, Jenny avait fait un mouvement de surprise.

— J'y suis allée deux fois, dit-elle, porter deux lettres particulières.

— C'est possible...

— Est-ce que ce n'est pas là que demeure M. Dorritt ?

— C'est là, tu ne te trompes pas...

— Et Mademoiselle va chez... cet homme ?

— Oui...

La surprise de Jenny se changea en inquiétude. Elle parut vouloir parler, regarda plusieurs fois sa jeune maîtresse avec frayeur, et finit par se taire.

Le cab s'arrêtait.

— Viens avec moi... dit Liliane.

Jenny se rassura. Du moment qu'elle ne quittait pas la jeune fille, rien n'était à craindre. A elles deux elles seraient fortes.

Dorritt occupait un magnifique appartement décoré avec un luxe inouï, mais un luxe de mauvais goût. Il était encore couché quand son valet de chambre vint lui apprendre que Liliane, au salon, l'attendait. Il avait passé le reste de la nuit à boire, en sortant de la vente de charité, et il avait pris seulement la précaution, avant de s'endormir, d'établir la lettre de crédit par laquelle cent mille dollars devaient être comptés à Liliane au nom de Maurice Bargeton. Après quoi, sans penser à l'étrange affaire que cette folle tête de Français lui avait proposée, il s'était endormi.

Il bondit hors de son lit, en entendant le nom de Liliane.

Elle ! chez lui ! Ce matin-là ! ! Que venait-elle faire ?...

Puis une réflexion lui vint :

— Hé ! mais, j'ai tout à gagner à cette visite, peut-être bien !...

Et il se hâta de s'habiller, passant un costume du matin, brisant des boutons, arrachant des cravates dans son impatience d'aller plus vite...

Liliane avait laissé Jenny dans un des salons qui précédaient celui où, le cœur en tumulte, et pourtant courageuse, elle attendait le Yankee.

Celui-ci s'empressa d'accourir :

— A quoi dois-je l'honneur de cette visite matinale, mademoiselle ? Et serais-je assez heureux pour que vous ayez besoin de moi ?...

— J'ai besoin de vous, en effet.

— Parlez, mademoiselle, je vous suis dévoué...

— J'ai reçu tout à l'heure une lettre de crédit... qui paye cette généreuse folie d'hier, à notre fête de charité...

— Eh bien ?

— Je désire savoir comment il se fait que vous vous soyez substitué à M. Bargeton pour le paiement de cette somme...

— Substitué n'est pas le mot exact, mademoiselle... Les cent mille dollars qui vous ont été versés au nom de M. Bargeton appartenaient bien à M. Bargeton. Il ne peut y avoir dans votre esprit aucun doute...

— Cependant M. Bargeton est pauvre.

— Il était pauvre jusqu'à concurrence de cent mille dollars que je lui devais.

— Que vous lui deviez ?

— Oui, mademoiselle.

— Depuis longtemps ?

Le Yankee hésita. Mais il avait son idée et il devinait que la jeune fille aimait Bargeton.

Puisqu'elle aimait, un marché était peut-être possible.

Alors, il se décida à la franchise brutale.

— Je lui devais ces cent mille dollars depuis cinq minutes.

— A la suite d'un pari ?

— Non... à la suite d'une proposition que me fit ce Français, ou, si vous préférez, à la suite d'un échange que j'acceptai...

Les yeux de Liliane exprimèrent la surprise.

— Oui, un échange, tout bonnement.

reprit Dorritt, comme s'il avait parlé de la chose la plus naturelle du monde... Il me proposa de quitter la surenchère de votre fleur — et du joyau que vos lèvres devaient y déposer : et en échange des cent mille dollars dont il voulait acheter l'une et garder l'autre, il m'offrait...

— Que vous offrit-il ?

Dorritt répliqua, délibérément :

— Sa vie !

Liliane tressaillit, tout à la fois de joie et d'horreur.

Oui, elle fut heureuse, car la preuve qu'elle cherchait de l'amour de Maurice, pouvait-elle la trouver plus vibrante et plus passionnée ?

Elle était aimée, aimée jusqu'au sacrifice de la vie...

Et son cœur, en même temps, s'emplissait d'épouvante...

Elle avait créé ce malheur... elle serait la cause de cette mort !...

Elle dit, en tremblant :

— Vous n'avez pas accepté, n'est-ce pas ?

— Je vous demande pardon...

— C'est infâme !

Le Yankee leva ses larges épaules avec indifférence.

— Pour vous autres, Françaises, peut-être bien, mais pour nous, c'est une affaire comme il s'en présente beaucoup. Ce monsieur a estimé que sa vie valait une somme et m'a demandé de lui payer cette somme... Quoi de plus simple ?... Je le connaissais fort peu. Je ne suis pas allé le chercher... Je crois même lui avoir fait plaisir en lui donnant l'occasion de vous être agréable... Où voyez-vous de l'infamie là-dedans, mademoiselle, s'il vous plaît ?

D'une voix brève et dure, toute changée, elle disait :

— Et que ferez-vous de cette vie généreuse qu'il vous a vendue ?

— Mais... elle m'embarrasse...

— Alors ?...

— Alors, M. Maurice Bargeton est un homme mort.

Défaillante, elle eut le courage de demander :

— Comment le tuerez-vous ?

Il s'assit, croisa les jambes, et sur un ton très gai :

— C'est assez singulier et les conditions qui m'ont été proposées prouvent chez ce jeune homme de l'imagination... Mais, vous savez, chez ces Français, l'imagination, c'est la folle du cerveau...

— Enfin ?

— Il m'a dit : « Vous tirerez sur moi trois coups de revolver, à trente pas... » Cette petite cérémonie doit avoir lieu aujourd'hui, à deux heures, et il est convenu que nous nous rencontrerons dans mes jardins qui sont très isolés.

— Vous êtes sûr de le tuer ?...

— Certes... je lui ai même fait remarquer, à ce propos, qu'un seul coup suffirait... Il a poussé l'insolence jusqu'à me dire que les trois ne seraient pas de trop, attendu que je le manquerais une fois, deux fois et trois fois.

— C'est un assassinat...

— Mais non, mais non, il ne faut pas exagérer les choses...... Je ne suis, dans tous les cas, coupable en rien et ce n'est pas moi qui aurais trouvé cette invention, acheva-t-il avec un gros rire.

Elle se leva.

— Cette rencontre n'aura pas lieu...

— Elle aura lieu... Impossible autrement, pour deux raisons que vous allez comprendre... Si je recule, j'aurai l'air d'avoir peur ou de ne pas être sûr de mon coup d'œil... et je suis perdu de réputation... Et, d'autre part, si cette rencontre, selon votre désir, n'avait pas lieu, comment M. Bargeton, qui est pauvre, me rembourserait-il les cent mille dollars que je lui ai avancés ?

— Je vous les rapporte.

— Je ne les prends pas. Etes-vous, en ceci, d'accord avec M. Bargeton ?

— Non. Il ignore ma démarche.

— Et il ne l'approuverait pas, j'en suis certain, tout en étant très heureux de l'intérêt extrême que vous paraissez lui porter. Non, il ne saurait l'approuver, car ce remboursement inopiné prouverait...

— Prouverait quoi ?

— Qu'il a eu peur.

Liliane tressaillit.

C'était vrai, pourtant, ce que disait cet homme. Il se mêlerait à tout cela une question d'amour-propre, de fol orgueil.

— Mais c'est affreux, c'est impossible ! murmura la pauvre enfant.

Il discuta :

— Affreux, non pas... Très simple, au contraire... Et une mort très propre... il ne souffrira pas, je viserai en plein cœur... ma balle ne déviera pas d'une ligne...

Il s'arrêta une seconde, pour donner plus de poids à ce qu'il allait dire.

— Quant à être impossible, ceci est une autre affaire.

Les yeux éplorés de Liliane interrogeaient.

Il décroisa les jambes et se pencha en souriant, les coudes sur les genoux.

— Nous pourrions peut-être nous entendre... J'ai une idée... Vous savez, ou bien je vous l'apprends, que mon plus grand désir serait d'être votre mari... Nos fortunes se valent... Ce serait vite conclu, si vous vouliez... Mais jusqu'à présent vous ne vous décidez pas... J'ai peut-être, moi, trouvé le moyen de vous décider...

« Supposez que, tout à l'heure, quand M. Bargeton sera en face de mon revolver, je manque mon premier coup... Supposez que, de par ma volonté et pour vous être agréable, je manque le second, et que je manque le troisième ?...

« M. Bargeton est sain et sauf !... Les cent mille dollars restent acquis... Car ceci est dans nos conventions...

Elle dit avec élan :

— Si vous faites cela, vous aurez mon amitié tout entière...

— J'en serais assurément honoré, mais non satisfait...

— Que désirez-vous de plus ?

— Je vous aime et je veux que vous soyez ma femme...

— Résumons : ma main contre la vie de M. Bargeton ? Voilà ce que vous demandez ?

— Oui... Si je l'épargne, vous êtes à moi... Si vous refusez, je le tue...

Elle hésita, très pâle, les yeux cernés, les lèvres toutes blanches de peur.

Il crut qu'elle faiblissait, et déjà il triomphait, avec un sourire, lorsque tout à coup il sursauta.

— Je refuse ! dit-elle... S'il doit mourir, il mourra du moins heureux en sachant combien je l'aimais... S'il vivait en me voyant à un autre, et s'il savait surtout pourquoi je suis à un autre... à vous... il souffrirait trop ! !

— Réfléchissez ! dit-il froidement.

— Non. Je ne veux même pas réfléchir...

Elle se dirigea vers la porte.

Là, elle se retourna. Ses yeux flamboyaient :

— Ecoutez ceci... Vous ne le tuerez pas... Vous ne le blesserez même pas... Votre main tremblera...

Il la salua, incrédule.

Elle rejoignit Jenny et repartit en courant.

Dorritt consulta sa montre. Il n'était que onze heures. Il sortit pour prendre l'air, déjeuna légèrement, selon son habitude — il ne faisait d'excès que le soir — et rentra chez lui pour y attendre Maurice.

A deux heures précises, Maurice sonna.

Les deux hommes se saluèrent.

Dorritt ne fit aucune allusion à la visite de Liliane. La jalousie et la colère parlaient en lui plus haut que tout autre sentiment.

— Monsieur, dit Maurice avec une tranquillité admirable et sans l'ombre d'émotion, bien que je sois persuadé que vous ne me toucherez pas en trois coups, si par aventure vous me tuez vous pourriez être inquiété par la police...

« Et comme il faut tout prévoir, j'ai préparé une lettre que vous prendrez, ou que l'on trouvera sur moi après ma mort. Cette lettre annonce que je me suis suicidé, parce que je suis dans l'impossibilité de vous restituer la somme que je vous ai empruntée... Cela vous convient-il de la sorte ?

— Cela est parfait. Je vois que vous avez pensé à tout, dit Dorritt avec le même flegme... Maintenant, voulez-vous choisir ?

Et il désigna trois ou quatre revolvers pendus à une panoplie.

— Oh ! peu importe...

— En voici un... Vous me croirez sur parole ?...

— Certes...

— J'ignore ce qu'il vaut et je ne le connais pas.

— En ce cas, je vous prie de le laisser pendu là, où il est bien... Je tiens à ce que vous ne puissiez mettre sur le compte d'une arme non encore essayée la maladresse dont vous allez tout à l'heure me donner trois fois la preuve... Prenez le revolver dont vous vous êtes servi le plus souvent...

Dorritt eut un mouvement de dépit et de curiosité.

— Vous êtes donc bien sûr que je vous manquerai ? dit-il.

— Absolument sûr... Je vous l'ai dit : votre main tremblera.

Dorritt tressaillit. Liliane, aussi, avait la même certitude, avait fait la même prédiction.

Allons donc ! sa main tremblerait pour la première fois !

Dorritt décrocha son arme habituelle, celle qu'il portait toujours pour sa défense, dans les courses à cheval au milieu de ses immenses domaines.

Il la fit jouer, la chargea de trois cartouches, tout cela le plus naturellement du monde et sans l'ombre d'une émotion.

Du reste, Maurice, il faut le dire, présentait la même impassibilité.

Il y avait même, sur ses jolies lèvres de femme, je ne sais quel dédain suprême, quel vague sourire d'ironie et de mépris pour cette mort si proche, et, bien qu'il feignît de n'y pas croire, si certaine ! Peut-être au fond de l'âme aspirait-il après cette fin tout à la fois romanesque et tragique !...

Le pauvre Renaud Raigice savait son existence empoisonnée par le drame de la mort de Villedieu...

Il aurait pu vivre quand même en engourdissant les souvenirs de ce passé funeste dans le traintrain de ses habitudes nouvelles.

Mais l'amour de Liliane était venu tout à coup aviver sa souffrance, ses regrets de victime se débattant au milieu d'une situation sans issue... et alors, cela lui faisait plaisir de mourir... et cela serait même très doux de s'en aller ainsi, avec le baiser de Liliane sur ces deux roses qu'il portait contre son cœur...

Dorritt, ayant chargé son revolver, demanda :

— Vous êtes prêt, monsieur ?

— C'est moi qui vous attends, fit Maurice, paisible.

Ils descendirent. Dorritt avait eu soin d'éloigner tous ses domestiques, sous des prétextes divers. Du reste, les jardins étaient vastes : la rencontre aurait lieu à l'extrémité, contre la grille d'enceinte scellée sur un haut mur de clôture.

De la maison, au milieu des bruits de la ville, on n'entendrait même pas la détonation.

En chemin — et ils marchaient lentement, sans se presser, comme deux hommes qui se promènent, et qui en prennent à leur aise — Dorritt, qui regardait Maurice du coin de l'œil, ne put s'empêcher de dire :

— Vous n'avez pas de regrets ?

— Pourquoi ?

— De mourir, alors que vous êtes aimé — follement — par l'une des plus riches et des plus charmantes filles de New-York ?

Maurice répliqua sèchement :

— J'ignore ce que vous voulez dire... et je ne veux pas le savoir...

Puis, tout à coup, reprenant un ton moqueur :

— Du reste, que parlez-vous de mourir ? Je n'en ai pas la moindre envie, et j'ai beau regarder de tous les côtés, je ne vois pas le danger qui me menace...

Dorritt se connaissait en courage.

Il haïssait cet homme, certes, en qui il rencontrait un rival heureux, mais il ne put s'empêcher de jeter sur lui un coup d'œil admiratif.

Ils arrivaient au bout du jardin.

Maurice alluma une cigarette.

— Veuillez compter les trente pas, fit Dorritt.

— Mais non, mais non, dit Maurice en souriant, comptez vous-même, je vous prie, c'est bien le moins...

Dorritt s'exécuta, et soulevant son chapeau :

— Si vous voulez bien vous placer ici, dit-il en lui indiquant l'avenue. Vous aurez derrière vous une charmille sur laquelle se fondra votre vêtement sombre et vous ne m'offrirez pas ainsi de point de mire... C'est toujours une chance de plus...

« En outre, comme vous le voyez, j'aurai le soleil dans les yeux... ce qui vaut mieux pour vous.

— Je vous remercie de tout le soin que vous prenez, dit Maurice, mais vous vous donnez là une peine inutile.

Il alla se poster exactement au point opposé à celui que Dorritt lui avait indiqué, ayant le soleil dans les yeux et derrière lui le vide profond d'une belle pelouse sur laquelle sa silhouette se détachait en noir, très nettement.

Mais l'Américain insista.

— Tirons au sort, puisque vous le voulez, dit Maurice.

Un dollar jeté en l'air favorisa Dorritt.

— Vous le voyez, monsieur. C'est du temps perdu.

Dorritt semblait un peu déconcerté par une assurance aussi absolue.

— Vous voulez donc mourir ? Avouez-le... Vous aviez l'idée du suicide et je me suis trouvé là pour vous aider... C'est original... Cela me plaît.

Maurice eut un franc éclat de rire.

— Mais, entêté que vous êtes, puisque je vous dis que vous allez me manquer ! Dépêchez-vous et n'en parlons plus !

Dorritt eut un petit geste d'impatience.

— Allons, soit, finissons-en !

Déjà Maurice avait gagné sa place. Le Yankee se dirigea lentement vers le massif ; il arma son revolver.

Les mains derrière le dos, l'œil clair, le sourire railleur, Bargeton le regardait faire.

Dorritt leva l'arme, visa une seconde et tira.

Maurice ne bougea point.

L'autre, devant ce résultat, parut plus décontenancé encore.

— Votre main tremblera ! lui avait dit le jeune homme.

— Votre main tremblera ! lui avait dit Liliane.

Et sa main, en effet, venait de trembler ! Pour la première fois, depuis vingt ans peut-être, il avait manqué son coup !...

Le sourire railleur de Maurice s'accentuait. Dorritt le vit. Un flot de sang lui monta au visage. La colère le prenait.

Froidement, Maurice, impitoyable :

— Remettez-vous !... Il me semble que vous allez perdre votre sang-froid.

Le Yankee arma, leva son arme, visa deux secondes et le coup partit.

— La première fois, dit Maurice, j'ai senti l'effleurement de la balle dans mes cheveux...

« La seconde fois, je l'ai entendue, sans rien sentir...

Le Yankee arma, visa trois secondes et tira...

Maurice salua profondément, redevenu sérieux :

— Monsieur Dorritt, je regrette de vous avoir dérangé pour si peu et j'ai bien l'honneur de vous saluer.

Et il partit, ainsi, sans presser le pas, très calme, pendant que Dorritt interdit, stupéfait, immobile, le regardait s'éloigner, sans rien comprendre à ce qui venait de se passer...

En sortant, Maurice ne remarqua pas un cab, arrêté devant la porte.

Dans ce cab, deux femmes, voilées, qui semblaient se dissimuler.

Liliane et la fidèle Jenny.

Lorsque Maurice sortit, une des deux jeunes filles se pencha, puis, sous le coup d'une émotion trop violente, elle se renversa dans le fond de la voiture, soutenue par les bras de sa compagne.

Elle s'était évanouie...

7-9-25 — IMP. REY-ROBERT, 2, RUE DE LA COLLÉGIALE, PARIS

www.ingramcontent.com/pod-product-compliance
Lightning Source LLC
LaVergne TN
LVHW012020220826
846092LV00001B/422

* 9 7 8 2 3 2 9 7 5 4 0 5 5 *